GOBOOKS
& SITAK
GROUP©

GOBOOKS & SITAK GROUP©

三日月書版

三日月書版

II
Auth
魔法少女兔英
四
亡靈女巫
逃亡指南
三日月書版
輕世代 FW375

亡靈女巫逃亡指南

Getaway Guide for Necromancer

Author 魔法少女兔英俊 ✦ Illust 四三

Contents

Chapter 01 神格……009

Chapter02 奴隸……035

Chapter 03 臨海城……063

Chapter 04 葡萄鎮……091

Chapter 05 改道……117

Chapter 06 瘋狂的計畫……145

Chapter 07 聖杯騎士……163

Chapter 08 神降……183

Chapter 09 神的祕辛……201

Chapter 10 不告而別……231

Side Story 里維斯的童年……253

Getaway Guide for Necromancer

CHAPTER 1

【神格】

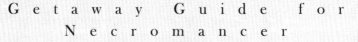

安妮再次回頭看了一眼，她已經看不見梅斯特的影子，但她知道接下來該怎麼做。

她想起自己第一次離開黑塔的日子，她回頭看著熟悉的家，拉上兜帽轉身離開。只是當時她覺得自己像隻脫離牢籠的小鳥，多少對外界有些好奇和嚮往，她當時根本沒想到，會遇到這些牽扯到神靈的事情，她只是想要找到她的家人，然後一頭撲進他們的懷抱裡抱怨或者撒嬌。

現在她知道，一切都得靠她自己了，她得站在前面保護所有人。

安妮收回視線，看向老祭司，「祭司閣下，我還想請教一件事，梅斯特讓我尋找『創世神的遺物』，而海涅認為這就是海妖從小聽的故事裡的『神格』。您能把關於神格的故事告訴我嗎？」

老祭司略微沉吟，「這並沒有什麼不能說的。但這只是海妖一族世代相傳的傳說而已，沒辦法考證真實性，如果妳想尋找神格，可能得直接向生命女神祈求，更可能得到回應。」

安妮有些意外地看向她，「您料到我要尋找神格，成為神了嗎？」

老祭司帶著溫和的笑意道：「既然妳要對抗神明，就注定要走上成神的道路。這是一個睡前故事，坐下來慢慢聽吧。」

「在世界還未存在的最初，創世神是唯一的存在。祂擁有無盡的壽命，無邊的神力，有著世界上所有美好的饋贈，以及無盡的孤獨。祂尋找著創造新生命的方法，但一直無法成功，直到祂意識到，祂擁有世間的一切，也包括所有的生命力。

「神將自己的身體化作世界的基石，用神力創造了六位原初神，祂們繼承了創世神的權柄。我們並不知道那是哪六位神明，只知道其中一位是我們信仰的生命女神，祂是一切的起點，也是所有生命的守護者。

「六位原初神繼承了創世神的意志，祂們利用自己的神力完善這個世界，那裡誕生了最初的生靈。遠古時代，最初的生靈們都是神的追隨者，他們以神為信仰磨練自身。原初神們會給其中天賦絕倫者降下神格，這就是最初的十二門徒，也被稱為十二從神。」

安妮挑了挑眉，忽然明白生命女神在她面前直接降下神諭的意思。如果這個傳說是真的，那麼神格只能由六位原初神賜予，而生命女神就是六位原初神之一。也許獲得神格並沒有她想像中困難，她似乎已經在生命女神的名單上了。

老祭司並不知道她在想什麼，只是嘆了口氣，「可惜生命女神無法降臨，否則一切困難都將迎刃而解。」

安妮的臉色又凝重起來，對，她差點忘了，梅斯特提醒過她這個世界有古怪，除了命運神之外的其他神明都無法降臨……難道命運神也是原初神之一？生命女神並沒有辦法完全壓制祂？

還是說他們都想得太簡單了，原初神和從神之間並不存在從屬關係？

安妮又聯想到之前遇見的命運神殿隔絕傳送的特殊陣法，懷疑命運神的權柄也許包括結界這一類。

她痛苦地揉了揉腦袋，「啊，真希望有哪位好心神能幫我補一下神學課，我如果向生命女神祈禱，希望祂告訴我神明之間的祕辛，祂會理我嗎？」

老祭司無奈地笑了笑，「也許吧，不過在這之前，安妮，我們還有一位敵人要對付。」

海妖們一直注意著海岸線的情況。

巨浪之後，黑狼王已經退回叢林，丟盔棄甲的命運騎士們也離開沿海，只有那位聖光會的隱者，依然守在海岸線邊緣。

安妮忍不住嘀咕了一句：「上了年紀的人就是有閒心啊。」

「咳。」老祭司清了清喉嚨。

安妮露出笑容，「他交給我來處理，不過在這之前，我可能需要稍微休息一下，妳能給我一個睡覺的地方嗎？」

「妳已經睏了嗎？」海涅好奇地貼過來，「要去我的洞穴嗎？裡面又潮溼又陰暗！」

也許在海妖看來，潮溼和陰暗就是舒適的代名詞，但安妮還是婉拒了他，接受老祭司提供的巨大貝殼。

海涅幫忙把貝殼推進巨大的氣泡裡，然後好奇地看著安妮從口袋裡取出一個枕頭，他舔了舔嘴角問：「那是什麼？是別的麵包嗎？」

安妮忍不住笑道：「我們可不會枕著麵包睡覺，這是枕頭。」

海涅似乎不太理解，還要問下去，安妮卻已經鑽進貝殼了。

里維斯拉著他往遠處離開，「噓，我會告訴你什麼叫枕頭的，現在讓她好好休息吧。」

跟海涅講解了半天枕頭和麵包的問題，里維斯終於勉強地讓他明白枕頭是什麼做的、作用是什麼，海涅煞有其事地下了判斷，「人類可真是嬌貴啊，腦袋還要墊著像麵包一樣的東西睡覺。」

里維斯以為他了解完枕頭就會離開了，沒想到他又把目光投向了安妮沉睡的貝殼，他問：「安妮睡著了嗎？」

里維斯點點頭，覺得自己彷彿在哄小朋友，「是的，所以你不能吵醒她。」

「那我們偷偷過去看看吧！」海涅眼睛一亮，甩著尾巴就要過去，「我還不知道人類睡覺的時候是什麼樣的呢！」

里維斯只覺得頭很痛，立刻伸手阻攔試圖拉住他，但卻差點被他帶著一起衝進貝殼裡。

他在水裡不能發力，里維斯只能死死拉住海涅，順便連哄帶騙，「如果、如果安妮被吵醒了，她就不會給你麵包了！你忘了嗎？你還有麵包在她那裡啊！」

海涅立刻止住動作，他猶豫地看了安妮一眼，最終在自己的好奇心和食物之間，選擇了向食物妥協。

里維斯總算鬆了口氣，目送著好奇的人魚追逐著一隻發光的水母離開，他默默來到安妮的貝殼前，盤腿坐在了一邊。

他仰頭看著魚群成群結隊地游過，其中有一隻小魚冒失鬼掉了隊，慌慌張張地想要擠進這個氣泡裡。

里維斯好笑地看著小魚，甚至想要伸手去幫牠指一指路。

貝殼內突然傳來安妮低聲的詢問：「里維斯，你在嗎？」

里維斯收回關注魚的視線，低聲回應：「我在這裡。怎麼了，睡不著嗎？」

「嗯。」安妮悶悶地應了一聲，小聲抱怨，「貝殼太硬了！」

里維斯忍不住笑了笑，他記得安妮之前靠在樹上也睡著了，她看起來並不是會挑剔睡覺地方的人。不過里維斯也沒有拆穿她，索性提議：「那妳要不要出來？這裡有一條魚好像對我們很有興趣。」

「什麼魚？」安妮好奇地推開貝殼鑽了出來。

那條魚被安妮嚇了一跳，一甩尾迅速地消失在海裡。

「啊，跑掉了。」安妮稍微有點失落，盤腿在里維斯身邊坐下。

里維斯安慰她，「沒關係，也許等等還會再來的。」

於是兩個人就並肩坐在深海的氣泡裡，眼巴巴地等著有沒有其他魚群前來拜訪。

安妮嘀咕一句：「我是不是應該快點睡覺了？補充好魔力，我們才能教訓那個聖光會的老頭，帶海妖回到晴海沿岸。」

「不用那麼著急。」里維斯伸手摸了摸她的腦袋，「妳可以稍微休息一下的。」

「里維斯，我有點害怕會變成一個人。」安妮抱住自己的雙腿，有些茫然地望著前方，「雖然當著梅斯特的面放大話，說我要保護大家，但我還是會擔心，如果他們真的已經都死了，如果我每次都晚了一步……」

里維斯伸手握住她的手，安妮就沒有再繼續說下去。

里維斯輕輕拍著她的後背，「即使我們已經失去了很多，也依然要為活著的人們戰鬥。誰也不知道之後的結局會是什麼樣，但我們只能做力所能及的所有事。

「……抱歉，我好像總是喜歡說一些大道理。」

他轉過頭，發現安妮已經蜷成一團睡著了。

里維斯無奈地笑了笑，看來他的大道理確實有些催眠。他有些為難地看了看她跟貝殼之間的距離，最後還是沒有把她抱過去，只是解下身上的外套替她蓋上。

他輕輕拍了拍安妮的前額，像在祈禱，也像在許諾，「做個好夢，別擔心，我會一直都在。」

聖光會的隱者已經在海面守了三天。

儘管聖光會的現任教皇已經傳遞了幾次消息給他，讓他儘快回到教會內部，但他依然沒有離開。

對世人而言，他應該是已經死去的人，出現在這裡如果被誰認出來，難免會惹出點麻煩。但隱者並不在意，他遮掩了面容，而且能認出他的人應該也死得差不多了。

更何況……他總覺得那個被捲進大海的亡靈女巫還沒死。

黑狼王可能只是覺得海妖突然發瘋，畢竟海妖跟亡靈女巫看起來並沒有什麼聯繫，但知曉七大災預言的他卻隱隱有些預感。如果放任不管，他們絕對會變成教會、變成全大陸的威脅！

隱者閉上眼睛，耐心等待著變化。

他猛地睜開眼，海面下的黑影逐漸上浮，熟悉的身影從海中出現，隱者冷笑一聲，「女巫，妳果然和海妖一族有關係，可惜，妳跑不掉了！」

安妮似乎才剛剛睡醒，她揉了揉睡眼惺忪的臉，懶洋洋地打了一個哈欠，終於把目光轉向半空的隱者。她活動一下睡得有些僵硬的脖子，緩緩抬起手，「別那麼高高在上地和我說話，你又不是神。」

下一瞬間，隱者似乎被無數冤魂裹挾著，一把拉進水底。

安妮俯身看著他，露出有些惡劣的笑容，「這樣才對嘛！」

隱者身後的光翼振動，在水中攪起紛亂的水流，冤魂們發出痛苦的哀號，對他的鉗制放鬆，讓他終於有空隙施展出一個聖光術。

巨大而刺眼的光團在水面下炸裂開來，無數冤魂痛苦嚎叫著消融，然而亡靈不知畏懼，依舊前赴後繼地朝他撲過去。

隱者顧不得說話，立刻趁著空隙振翅飛上半空。

水面隱隱透出無數張扭曲的冤魂面孔，它們不甘心地順著浪頭朝他伸出手，似乎還想再把他拉下水面。

隱者不得已再次飛高一些，這時安妮已經踩著白骨臺階站到跟他一樣的高度。

隱者心有餘悸地看著海面密密麻麻的面孔，臉色凝重地看向安妮，「妳居然收集了這麼多怨靈！」

安妮憐憫地看著腳下的冤魂，「別誤會呀，這可不是我帶來的怨靈，他們一直就在這裡，只是高高在上的大人物們沒有看見他們而已。」

隱者冷哼一聲，明白了她的意思，「大海無情，這裡當然有無數被吞噬的生命，即使他們心有不甘……」

「不只是這樣。」安妮並沒有急著動手，伸手指了指冤魂中的一個，然而隱者根本分不清她在說誰，「你看那個，那個是一名手藝很好的裁縫學徒，你或許不知道，有手藝的人類在亞獸人部族可是很受歡迎的，他被抓走塞上奴隸船，然後那艘船沒扛過風浪。

「還有那個小女孩，她什麼都不會，但是她有一張漂亮的臉，她被一路追逐著無處可逃，最後選擇跳進大海。」

「夠了！」隱者沉聲打斷她，他手中的光芒凝結成一把長弓，散發著危險光芒的箭尖對準安妮，「妳到底想要說什麼，女巫！」

安妮微微抬起手，「我在糾正你，你不該把他們的死亡當成意外，歸咎於大海的無情。」

隱者冷哼一聲，沒有被她的話動搖心神。光箭連射，一枝追著一枝直飛向安妮，安妮不慌不忙地打出響指，她面前霎時出現一個黑色的漩渦，光箭被吸引進去，湮滅其中，連一點聲響都沒有發出。

隱者臉色凝重，心中已經萌生退意，他忽然意識到這個亡靈女巫也許比他想像中還要可怕，他得回到聖光教堂，集結聖光會的最強力量才能——

他還沒來得及做出後撤的動作，安妮就像看穿了他的意圖，一步跨到他的面前。

隱者愕然發現自己渾身冰冷，居然一動也動不了，他艱難地一點點轉動眼珠，終於用眼角的餘光看見自己身後的一扇門。

——一扇漆黑的、沾滿血跡的門，散發著讓人靈魂顫慄的不祥氣息。

門後突然傳來一聲重重的撞擊，隨後就是一陣嘈雜的敲擊聲，隱者瞳孔收縮，冥界大門之後的生物，它們想要出來！

安妮掃了一眼大門，低聲說：「安靜點，我在和客人談話呢。」

敲門聲戛然而止。

隱者眼中透出一絲絕望，他終於明白自己完全不是這個女巫的對手，更讓人絕望的是，他忽然意識到即使他帶領整個聖光會的戰力前來，也不確定能不能成功抓捕這名女巫。

安妮歪了歪頭看他，失去聖光的庇護，這位隱者先生終於露出真容。他擁有一張年輕人般的臉，只是一頭金髮已經近乎花白，有種蒼老與年輕並存的奇異感。

安妮似乎還沒想好要怎麼處置他，「尊敬的隱者先生，你看到了什麼？」

隱者痛苦地閉上雙眼，「我看到災難降臨，我看到毀滅的未來。」

安妮煞有其事地點了點頭，「也就是說，你也知道關於七大災的預言嗎？」

隱者猛地睜開眼，「妳知道預言！」

安妮撇了撇嘴，「因為我莫名其妙地被人追殺了，總得找一找原因。我說，除了那個虛無縹緲的預言，你再也看不見其他東西了嗎？你都來到南部大陸了，看不見這裡受苦的人類嗎？」

隱者眼中閃過一絲動容，但他似乎並不願意被女巫的思緒帶著走，冷漠地盯著她，「我不會被妳的話語煽動的，女巫。守護人民是王國和領主的責任，光明的責任是驅逐黑暗！即便我的光熄滅，黑暗也只是暫時的，光必然照耀大地！」

安妮無言地看了他片刻，無奈地轉頭看向里維斯，小聲嘀咕：「這個老頑固已經沒辦法交流了，算了吧？」

里維斯也無可奈何，「他畢竟是前任教皇，信仰當然是十分堅固的。」

安妮撇了撇嘴，「對嘛，我還沒動手呢，就一副交代遺言的樣子了，誰說要殺他了。」

里維斯忍不住笑出聲。

安妮轉過身，她搖了搖頭，「雖然我也不那麼討厭正義感過剩的傢伙，不過……老頑固，你最好提醒自己，別被命運欺騙了。還有，低下頭看看普通人吧。」

隱者剛露出一點嘲諷的神色，安妮就讓骷髏們動手把他拖進了傳送門。

安妮幽幽地嘆了口氣，「我可真是長大了，如果是以前，一想到聖光會對亡靈法師做的一切，想到我的家人這些年受的委屈，我一定會狠狠揍他一頓。」

確認他已經離開，在海底防備的海妖們緩緩浮出了海面，老祭司溫和地看著她，「這是明智的決定，說不定在最後的神戰中，這個小小的善舉可以讓光明神站在我們這邊。」

安妮煞有其事地點了點頭，「是的，就算我很討厭他們，但我也知道，有些亡靈法師確實不是什麼好人。如果真的要把前輩們的恩怨清算，聖光會和亡靈法師這輩子也扯不清楚。

「不過，如果以後讓我知道他和戈伯特的死有關係的話，我也會毫不猶豫地報仇。」

安妮眼中閃過一絲殺意。

里維斯微微點頭，「目前看來那位隱者確實是一名對亡靈法師相當有偏見的老頑固，但似乎也不是什麼惡人。」

「嗯。」安妮應了一聲，露出笑容，「所以我也沒有欺負他，不過就是把他的傳送地點放在南部大陸有名的大浴池而已。」

里維斯的眉毛抖了抖，「安妮，難道是……」

安妮笑得越來越燦爛，「機會難得，當然是讓他去女浴池啦，我猜有頭有臉的聖光會大人物肯定不會對平民出手的，啊呀，真想看看他被當成色狼打出去的場面啊。」

里維斯無語了。

海涅好奇地湊過來，「浴池是什麼生物？女浴池是他們的雌性？」

安妮抓了抓下巴，「這個……啊，里維斯，我們是不是還有重要的事情要做？海妖一族要在晴海沿岸立足，必須得讓晴海部族都知道他們的存在，我們還有好多事情要做呢，走吧走吧。」

安妮假裝沒有聽到海涅的問題，逃也似地飛快朝著海岸奔去，里維斯緊跟其後，目不斜視地越過了海涅。

海涅用力拍了拍尾巴，氣鼓鼓地抱怨：「我也想去岸上玩！」

老祭司無奈地搖了搖頭。

約克鎮的冒險者協會最近格外熱鬧。

畢竟這裡發生了一件大事——有一名亡靈女巫一把火燒掉背靠黑狼王的奴隸商人老巢，帶著一大群奴隸浩浩蕩蕩地逃亡了！

雖然誰都知道南部大陸的奴隸貿易背後有那幾位大人物的身影，但這依然是明面上禁止的事情，所以幾位大人物也沒辦法動用自己的勢力，只能暗地裡發了不少高價通緝令。

因此，許多大陸聞名的冒險者、傭兵、賞金獵人蜂擁而至。而冒險者協會的老約翰在看到那張通緝令的時候，差點兩眼一黑暈過去——這就是那個讓他不敢直視的年輕法師！

老約翰已經搞不明白，她到底是一名亡靈女巫，還是如她所說只是一位被詛咒的普通魔法師，又或者是最糟糕的情況，她本身就是讓他不敢直視的存在。

但無論哪種情況，老約翰都深深明白一件事，這絕對是一個危險又麻煩的人物，當初沒有跟她扯上關係真是太好了！這下子，各大勢力都對這位名叫「安妮」的女巫發布通緝令，就算她再膽大妄為也不會回來了。

老約翰不由自主地鬆了口氣，這樣看來的話，冒險者協會人多起來也不是什麼壞事。

正當他眼帶欣慰地看著協會裡一派欣欣向榮的景象，冒險者協會的大門忽然被人推開了，一個讓在場所有人都覺得有些熟悉的面孔出現在這裡。

雖然她這次臉上沒有用奇怪的黑紋做遮掩，但老約翰還是一眼認出了她，有些呆滯地張了張嘴。

黑髮黑眼的女巫好奇地環視一圈，「里維斯，是我的錯覺嗎？怎麼這裡的所有人好像都認得我？」

老約翰無言了，注意到有人似乎蠢蠢欲動，老約翰繃起臉，低聲制止他們，「別衝動！」

這裡畢竟是冒險者協會的地盤，他的話還是有一定的震懾力，所有人暫且按捺住衝動。

老約翰臉色凝重地看向安妮，不由自主又用上尊敬的語氣，「……偉大的法師閣下，您這次前來，是有什麼事嗎？」

安妮掏出那枚五銀買的冒險者徽章，露出笑容，「當然是需要幫助啦，我也是冒險者協會的一員，有需要找協會不是當然的嗎？」

老約翰看著那枚徽章，真想昏過去一了百了。

安妮無視所有人打量或凶狠的目光，泰然自若地走到櫃檯前。

老約翰還搞不清楚她出現的目的，渾身緊繃地用眼角餘光掃了掃站在櫃檯後方，有些不安的眼鏡女士，提醒她道：「妳今天提早下班了。」

「可是……」眼鏡女士似乎有些猶豫。

老約翰催促道：「離開這裡，這不是妳這種普通小女孩應該參與的事情，如果出了什麼意外，我們可沒有餘力照顧妳。」

他這話說得相當直白，但安妮也沒有制止他，像一名禮貌的客人一樣，耐心等待他抽空來招待自己。

等到眼鏡女士離開冒險者協會，老約翰才看向安妮，「抱歉，讓您久等了，請問您希望我們提供什麼幫助呢？」

「我要招募一些人。」安妮開口。

「您大概需要什麼樣的人呢？」老約翰點了點頭，覺得自己大概是明白了安妮的想法，即使是了不起的法師，面對多個勢力的圍剿也會覺得相當吃力吧，這時候尋找一些幫手也是相當明智的選擇。

只不過……老約翰掃了一眼冒險者協會中的這些人，那些大人物們出手相當闊綽，不知道安妮能不能拿出讓冒險者們動心的籌碼了。

安妮掰著手指頭，「很多木匠，很多鐵匠，有力氣能幫忙蓋房子的，會種田的，會養殖的，會做麵包的……喔，對了，還有裁縫也要幾個！」

老約翰再次愣住了，他有些懷疑自己的耳朵，「不好意思，您說什麼？」

安妮疑惑地眨了眨眼，「您已經到了耳背的年紀了嗎？」

老約翰尷尬地清了清喉嚨，「不，我只是沒想到會聽到這樣的答案，而且要尋找這種幫手，來冒險者協會或許並不合適，妳可以去街上叫喊，或者去貧民窟看看。」

安妮笑道：「是的，但是我想，你在這裡這麼多年，肯定能比我更快找到這些人手，對吧？」

老約翰苦笑了一聲，「所以這其實是給我的委託嗎？」

安妮點點頭，「您可以拒絕，報酬是一個情報。」

老約翰挑了挑眉毛，態度相當好地說：「就算您不給報酬，我也很樂意幫忙您的。」

「你會喜歡這個情報的。」安妮湊近一點，卻故意用在場所有人都聽得清的聲音說，「海妖一族正要重回晴海沿岸，他們打算加入晴海部族聯盟。」

老約翰搖晃一下身形，倒吸一口涼氣，「安妮閣下，這可是相當大的事情，傳聞中的種族重回大陸，就算世界格局因此動盪也不奇怪吧！」

聯想到她之前要他幫忙尋找的各種工匠，恐怕就是海妖要在沿海搭建自己的城鎮了。只是……這裡在地理劃分上應該是人類王喬卡瑟王的領地，就算海洋領土的劃分沒有那麼清晰，但想來對方也不會那麼好說話，就這麼把海岸線讓出去。

老約翰不由得有些擔憂，難道沉寂了許久的南部大陸，又要深陷戰爭之苦了嗎？

「也沒有那麼誇張。」安妮笑彎了眼，看起來並不擔心之後的發展，「這件事很快就會結束的。晴海部族會接納海妖族，十三王變成十四王……別那麼嚴肅地看著我，這只是我的推測。」

但老約翰明顯解讀出另一種意思。她的語氣可不像是在說推測，反倒像是在說什麼必定會發生的事。

他惴惴不安地看著安妮，有些不明白她把這麼重要的消息告訴他的含義。

不過安妮看樣子沒打算再多說什麼，她站了起來，打算離開。

「別忘了我的委託，老約翰。另外，冒險者協會只接受委託，從不主動介入各個勢力之間的爭端，我覺得這很好，你覺得呢？」

老約翰握緊拳頭，深吸一口氣，覺得自己大概聽懂了安妮暗示。他用力點了點頭，「這是我們一貫的宗旨。」

安妮走到冒險者協會的門口，有幾個急性子的冒險者已經悄悄地握住身邊的武器，但安妮忽然回過頭，看向老約翰露出笑容，「不用擔心他們，老約翰，看在你的面子上，如果今天有不懂事的傢伙出現，我也不會殺了他們的。」

「當然，僅限今天。」

說完這句話，她就帶著那個一直沉默的金髮騎士離開冒險者協會。

不少冒險者面面相覷，最後打消賺取這份賞金的念頭，但依然還有小部分人跟了上去。

老約翰沒有出聲制止，說實話，即使知道她就是那個傳聞裡的亡靈女巫，但面對這名過分年輕的少女時，他還是沒什麼實感。反正安妮說了今天不會殺死冒險者協會的人，老約翰目光閃動，那麼就讓他們去試探一下吧。

安妮離開冒險者協會，看起來並沒有在意悄悄跟在自己身後的那幾個冒險者。她轉頭看向里維斯，鬆了口氣，「呼，我表現得怎麼樣？說話有沒有那種喜怒無常的大人物風範？」

里維斯忍不住笑了笑，「非常了不起，看起來確實很像是計畫滅世的亡靈女巫。」

安妮忍不住嘆了口氣，「唉，這就是政治嗎？要展示自己的從容不迫，要不經意間流露對自己實力的絕對自信，但也不能太直接。天吶，里維斯你都是在這種環境下長大的嗎？這也太麻煩了！」

里維斯並不覺得這是多麼了不起的事，他輕笑一聲，「如果從小在這樣的環境裡長大，對於應付這些就會十分習慣了。知道海妖一族要加入晴海部族的消息，十三王一定會集結進行一次會議，我們只要找準時機，就能直接面對十三王了。」

「那接下來只要等著就行了。我記得貧民窟好像還有幾個被我詛咒的倒楣鬼，在老約翰把人安排妥當之前，先把他們抓去當苦力吧？」安妮笑道，活動一下手指，掃了一眼跟在他們身後的冒險者，「他們好像打算動手了。」

眼看著兩人走進人跡罕至的小巷，幾名冒險者對視一眼，忽然一個箭步衝了上去。

在兩個同伴的掩護下，身後的法師開始吟唱魔法：「憤怒的火之精靈，展現你的力量，將一切化為灰燼吧！」

安妮點了點頭，「怪不得敢追上來，火系法師在冒險者裡也算是相當少見了，而且對付一般的亡靈也很有效。」

她站在原地，看起來根本沒打算閃躲。

里維斯直接越過前方的兩個戰士，以對方難以捕捉的速度繞到火系法師身後，打算直接敲暈對方的主力。

火系法師察覺到來自身後的危險，立刻中斷正在吟唱的魔法，直接轉身抬手瞬發，「火球術！」

他十分得意，大部分人都會被他一開始吟唱的架勢騙到，料不到他會瞬發火球術，他用這招解決過不少敵人。然而里維斯就像早有預料一般閃身躲過，乾脆俐落地再次出手，直接把他打暈了。

在對方不可思議的眼神中，里維斯直起身，「抱歉，我對付火系法師相當拿手。」

這還要感謝他那位熱衷把格鬥術和火系法術結合在一起的妹妹。

另外兩名戰士看也沒看自己倒下的同伴，直接撲向安妮。在他們的必經之路上，忽然冒出來兩雙骷髏手，一把抓住他們的腳踝，兩個人在半空凝滯，猝不及防地，臉部朝下狠狠摔在地上。

「啊！」安妮憐憫地看著他們，「聽起來好像很痛，鼻子都摔扁了吧？」

里維斯來到近前，毫不憐香惜玉地用劍柄補上兩下，把三人通通敲暈。

安妮看向遠處，「剛剛跟出來的好像不只這幾個人。」

里維斯也點點頭，「確實，應該是這三個最沉不住氣。其他人看到了下場，就直接離開了。」

六隻骷髏從地底爬出來，兩隻一組，一個抬腳、一個抬頭，把昏迷在地的三個人扛起來，朝冒險者協會跑了過去。

安妮對它們揮了揮手，「路上小心喔，要有禮貌，不要嚇到路人啊！」

骷髏們上下牙關喀喀作響以作回應，安妮欣慰地放下手。

冒險者協會內部，老約翰有些心不在焉，他在等那些跟出去的冒險者的消息，但他們似乎也去得太久了。

其他的冒險者和他多半也是同樣的心思。

在眾人期待的目光中，冒險者協會的大門終於再次被推開了——六隻骷髏抬著三個昏迷不醒的冒險者回到這裡。

老約翰瞳孔猛地一縮，趕緊上去查看，「愣著幹什麼，去叫醫師過來！」

等到確認三人只是昏過去，他總算鬆了一口氣，但臉色依然沉重。看著周圍同樣吃驚的冒險者們，老約翰深吸一口氣說道：「這幾位也是大家的熟面孔了，他們是什麼實力，大家多少心裡有數。

「冒險者協會不參與任何勢力之間的鬥爭，所以關於安妮閣下的任務我們也不會撤下，只是如果有人想接，我也會禮貌提醒他——掂量一下自己的實力。」

說完這些，他拿起外套朝門外走去。

有人出聲詢問：「你要去哪裡，老約翰？」

老約翰回頭看他一眼，「去傳信給總部，提醒他們，做事有點分寸，別惹這位大人不高興。」

而所有人都沒有發現，在場的骷髏忠實地把自己看到和聽到的一切都轉達給了安妮。

遠在貧民窟招募勞力的安妮露出笑容，「看樣子冒險者協會不會給我們添麻煩了。」

Getaway Guide for Necromancer

CHAPTER 2

【奴隸】

三天後，十三王集會在南部大陸某個叢林的帳篷中祕密召開。

身著紗質長袍的高貴女性撇了撇嘴，用手扇了扇風，「拜託，為什麼集會要跑到這種深山老林裡來？上次不還是在薔薇宮嗎？如果亞獸人沒有那麼華美的宮殿，我也可以借給你們嘛。」

端坐在位置上、棕髮棕眼的中年人看了過來，「蒂亞王，妳沒有收到海妖回到海岸線的消息嗎？」

「喬卡瑟，別那麼叫我嘛，我們都是老朋友了，叫我邦妮就好了。」蒂亞王邦妮露出笑容，坐在了自己的位置上，看起來不怎麼在意地開口，「我當然聽說了，這不是好事嗎？傳說中的種族重回海岸線，聽起來就有點浪漫呢。我也想看看海妖到底有多麼美麗，也好奇他們對愛是不是真的至死不渝。」

儘管她說話的語態像一名天真的少女，但在場沒有人會忽視她眼中一閃而過的幸災樂禍。

她的領地與晴海沿岸並不接壤，這種時候當然不用太著急。

身材高大的魯迦王瞥了她一眼，似乎有些不滿，「妳又遲到了，邦妮！」

魯迦王是混血亞獸人王之一，據說似乎有些猛獁血統，身形幾乎是一般人的兩倍大。

蒂亞王邦妮並不畏懼他高大的身軀，隨意地掃了他一眼，「遲到被原諒永遠是美麗女性的特權，這是人類的社交禮儀，小傢伙。」

「好了，別浪費時間了，該開始了吧？」黑狼王約德撇了撇嘴，十三王已經全部落座，但這些人還在一些無關緊要的小事上拉拉扯扯！

他直接看向喬卡瑟王，「喂，喬卡瑟，那不是你的領地嗎？你就那麼讓他們為所欲為？」

他這就是明晃晃地挑釁了，但喬卡瑟王不得不回答，畢竟其他人也都很好奇他對這件事的態度。

喬卡瑟王不急不緩地抬起頭，「是嗎？原來黑狼王閣下還知道那裡是我的領地。可我前幾天才聽說你率領狼群，去了我領地內的晴海沿岸，甚至有傳言說，那個被亡靈女巫燒毀的奴隸貿易處也是你的產業。

「據說，那個奴隸商人捕獲到一隻海妖，那隻海妖並沒能活著回到海妖族內。黑狼王閣下，這個時機，海妖一族不會是因為你才來的吧？」

——老滑頭！黑狼王約德在內心暗罵一句，喬卡瑟王故意沒有立刻擺出態度，反而把話題引到自己的身上。

「這可真是天大的誤會！」黑狼王約德誇張地張開雙手，「那個奴隸商人不過碰巧是一名狼族亞獸人而已，跟我可沒什麼關係。我也是聽見有人用我的名號在喬卡瑟王的領地做壞事，這才率領狼群前去清理門戶的。喔，抱歉，你知道的，我們亞獸人生氣起來總是控制不住自己。」

喬卡瑟王瞇起眼睛，當然沒有相信約德說的話，但是他手裡也沒有任何證據，只能稍微施壓表達自己的看法。

就在氣氛有些劍拔弩張的時候，帳篷的門忽然被撩開，安妮帶著里維斯禮貌地行了一禮，露出笑容道：「不好意思，我來晚了，可以加一張椅子嗎？」

所有人大驚失色，蒂亞王第一個叫起來：「衛兵、衛兵呢！」

「噓。」安妮做出一個噤聲的手勢，「他們都睡著了，別吵醒他們啦。如果沒有椅子的話，就麻煩誰讓一張出來吧？」

她的視線掃過去，所有王都精神緊繃，讓出一張位置，是要殺死誰的意思嗎？

眾王惴惴不安的視線裡，安妮歪了歪頭，「嚇壞啦？我開玩笑的，我自己帶椅子了。我今天是作為海妖一族的代表來參加你們的會議的，畢竟以後十三王就要變成十四王了，缺席會議還是不太好。

「不過海妖們正忙著建城，實在是抽不出人手過來，就由我代勞啦。都別站著了，坐下嘛。」

安妮在白骨搭建的椅子上落座，十分不客氣地坐進十三王之中。

眾王面面相覷，最後還是身材高大的魯迦王最沉不住氣，直接掄起比安妮腦袋還大的拳頭，「不要挑釁十三王的威嚴！」

魯迦王的拳頭並沒有落下，剛剛跟在安妮身後的金髮俊美少年不知何時站到他的身前，動作沉穩地接下他的攻擊。魯迦王不甘心地試圖收回手，卻發現對方的力氣超乎自己的想像，簡直就像一塊無法撼動的巨石！

吃驚的不只他一個，蒂亞王邦妮在看清金髮少年的臉後失聲道：「里維斯．萊恩！」

里維斯轉過頭，對她微微點頭行禮，然後看向魯迦王，禮貌地詢問：「您想坐下，還是躺下？」

「閣下說是海妖族的代表，但既沒有自我介紹，又在這裡大打出手，是不是有些不禮貌？」只有一隻眼睛的獵鷹王盯住安妮，看起來同樣蠢蠢欲動。

「咦，你們還不知道我是誰嗎？」安妮露出困惑的神情，「明明身為南部大陸的十三王，消息卻不怎麼靈通啊。我就是燒了約德的奴隸交易處的那名亡靈女巫，安妮。」

黑狼王約德張了張嘴，似乎還想否認自己跟奴隸貿易之間的關係。

安妮饒有興致地看過去，「你要在我面前說謊嗎？得想好代價啊。」

黑狼王約德眉頭一跳，他知道聖光會的隱者沒有離開海岸，而安妮此刻大搖大擺地出現在這裡，就意味著那個老不死也不是她的對手！

念頭飛轉，他識趣地閉上嘴沒有開口。

另一邊魯迦王已經臉色漲紅，但無論如何都無法抽回自己的手。

直到里維斯接收到安妮的眼神示意，這才鬆開鉗制，讓他踉蹌著坐回座位上。

「我還沒有說完。」安妮注意著在場所有人的反應，「我還是黑鐵聯盟通緝的惡名昭彰女巫，當然，也不是因為我做了什麼壞事，只是因為命運神殿和聖光會好像把我當成了預言中的七大災之一。」

沒有人料到她會突然提起這件事，無論是純血還是混血的亞獸人王看起來都有些摸不著頭緒，但有幾位人類王的表情卻明顯有所動搖——看來命運神殿也不是在南部大陸全無勢力，他們至少也接觸過這裡的高層，也悄悄傳遞過七大災的預言。

所以這些人到底是怎麼看待海妖族重回海岸線的呢？

黑狼王約德沉聲問：「什麼預言？」

安妮盯著喬卡瑟王，「你好像知道，對嗎？」

喬卡瑟王下意識握住腰間的匕首，但他壓下出手的衝動，禮貌地回答：「命運神殿傳遞過這樣的消息，號稱他們的神明降下關於滅世七大災的預言，我曾經聽聞過，但並沒有完全相信。」

「我也是。」不等安妮發問，邦妮主動開口，露出表達善意的笑容，「不過我還是相信一些的，只不過除了海妖以外，七大災之中的大部分都離南部大陸比較遠，我也沒辦法關注。」

「那麼，沒人告訴我們一下預言的內容嗎？」獵鷹王冷笑一聲，哪怕結成了什麼象徵友誼的晴海部族同盟，這些人類也並沒有透露這些情報給有亞獸人血統的那幾位王。

「別擔心，我會告訴你們的。」

安妮示意他們稍安勿躁，「以後我們不會有祕密了，畢竟大家都會成為我的奴隸。」

這句話宛如在水面扔下的石子，剛剛還試圖隱忍的王們終於按捺不住出手了！

祕密集會的帳篷整個炸裂，一陣光芒過後，十三王的圓桌旁空了幾張椅子，他們被整整齊齊地種在自己椅子的旁邊，而安妮還好端端地坐在白骨椅上。

少數幾位沒有出手的王中，蒂亞王臉色慘白，坐立不安地看著自己身邊，毫無抵抗之力就被種進土裡的喬卡瑟王，忽然覺得前途未卜。

別人或許會忽視這位並不起眼的中年人，但她是知道的，喬卡瑟當年可是南部大陸赫赫有名的遊俠，他絕不是個孱弱的君王。

獵鷹王憤怒地仰頭看著坐在位置上的黑狼王，「約德，你為什麼不出手！」

黑狼王約德翻了翻白眼，毫不客氣地回嘴：「怎麼，這塊田裡有你這坨狗屎當肥料還不夠嗎？」

安妮撐著下巴看他們，似乎對他們吵架的模樣十分感興趣。

突然魯迦王大喝一聲：「亞獸人永不為奴！」

了。

說著，他就要對自己的腦袋轟出一拳，當然，被里維斯毫無壓力地制止

安妮搖搖頭，「我都說了，我是一名亡靈女巫，寧死不屈這套對我可不管用。就算你死了，你也會是我的亡靈奴隸。」

黑狼王約德小聲地嘀咕著：「妳不是討厭奴隸貿易嗎？」

安妮笑道：「現在我喜歡了。」

蒂亞王邦妮收起驚慌的表情，露出微笑，「美麗的女性總是有出爾反爾的特權。」

黑狼王約德撇了撇嘴，但也不敢說些什麼。

「美麗的女性啊。」安妮笑吟吟的，轉頭看向黑狼王約德，「說起來，我之前跟黑狼王閣下見面的時候，您曾經稱呼我為『發育不良的洗衣板雌性』。」

黑狼王約德被說得不知道該如何回應。

「喔，天啊！」蒂亞王邦妮做作而誇張地捂住臉，「這是何等粗魯而又荒謬的汙衊！你這頭粗俗的蠢狼根本不懂得少女萌芽般的美好！這個年紀的女孩，她就像含苞待放的花朵，就像未滿的弦月，正是一步步褪去天真爛漫

走向成熟的完美變化之刻！」

安妮聽得險些愣住，但無論如何，她還是把黑狼王約德也種進土裡。

獵鷹王幸災樂禍地笑出聲。

黑狼王約德惱羞成怒，「笑屁啊，臭鳥！」

喬卡瑟王表情幾經變化，最後還是恭敬地開口：「我們都不是您的對手，那麼，這個奴隸的契約是否有什麼時間限制呢？」

安妮撐著下巴，「到我死為止，或者，到你們成為世界上最後一個奴隸為止。」

諸王臉色變幻，或多或少都領會到安妮的意思。

魯迦王第一個嚷嚷起來，「喂，約德，快讓你的手下把奴隸都放了啊！」

安妮滿意地露出笑容，就算是表面上看起來粗枝大葉的魯迦王，也很快意識到，只要這世界上再也不存在奴隸，他們就是最後的奴隸。

蒂亞王邦妮忍不住露出討好的笑容，「您其實只是想要阻止奴隸貿易吧？為什麼不明說呢？」

黑狼王約德冷笑一聲，「對付跟自己不是一條心的傢伙，武力威脅當然比好好合作效率更高了。」

安妮贊同地點點頭，「如果你們想早點擺脫奴隸的身分，就只能對阻止奴隸貿易多用點心了。還有就是……要是讓大家知道我是個善良溫柔的好女巫，豈不是有損我七大災的形象？

「這才是符合邪惡女巫的做事風格嘛！」

黑狼王約德按捺住心中的無奈和不忿，低下頭顱道：「我的領地就在不遠處，等我回去以後，會立刻下令解放所有奴隸。」

蒂亞王邦妮主動示好，「安妮閣下，我的領地內從不允許奴隸交易，想必就算有也只是暗地裡進行的小交易。當然，我知道這同樣不可饒恕。等我回到領地，我會嚴格要求手下進行排查，並宣布所有既定奴隸交易作廢，讓所有奴隸恢復平民的身分。」

魯迦王連忙附和：「我也是，這是好事！踐踏他人尊嚴的事，不會在我的領土上發生！」

剩下的諸王也接連表達自己的決心，表達的核心思想都是等他們回去就立刻讓醜惡的奴隸交易化為烏有。

安妮露出滿意的微笑，「好樣的，那麼大家就回去吧。」

諸王面面相覷，似乎有些不敢相信，安妮就這麼把他們放走了。

蒂亞王邦妮咬牙提出自己的疑問，「安妮閣下，您不派人監視我們嗎？」

「我已經派出去了。」安妮露出笑容，動作輕巧地點了點自己的耳後。

蒂亞王下意識做出同樣的動作，居然在自己的耳後摸到一個堅硬的物體，她的手略微顫抖，身體忍不住害怕地搖晃一下，強撐著擠出笑臉問：「這、這到底是什麼呢？安妮閣下。」

安妮心情不錯地為她解釋：「沒什麼，只是一根可愛的小骨頭，它能替我好好地監視你們。如果有人做了什麼壞事，或者想要強行把它取下來，它就會告訴我。

「啊，不過這些小傢伙脾氣也很不好，很有可能在告訴我之前直接割掉你們的耳朵，所以我建議你們不要惹它生氣。」

黑狼王約德剛剛還在嘗試暗暗發力，看能不能把這根小骨頭取下來，聽到安妮的話，立刻就鬆開了手。

安妮掃視一圈臉色沉重的十三王，露出笑容，「不要擺出這麼一副面孔嘛，畢竟現在你們是我的奴隸，我也不可能什麼都不做吧。

「不過我剛剛想了想，把全世界的任務都交給你們，也確實有些過分。不如就這樣，如果你們的領土內真的一個奴隸也沒有了，我就幫你們把這塊骨頭取下來，怎麼樣？」

黑狼王約德第一個低下頭顱，「遵從您的意志，主人。」

蒂亞王邦妮臉色幾經變換，最後還是硬著頭皮說：「我會努力的，安妮……大人。」

她似乎覺得「主人」這個稱呼有些難以啟齒，於是紅著臉小聲叫「安妮大人」。

安妮沒有糾結這類稱呼，她也並不是真的想要十三王的臣服，她看向黑狼王約德，露出滿意的笑容，「既然你這麼懂事，那我就直接跟著你前去領土看看吧。」

黑狼王約德的表情有些僵硬，他硬著頭皮看向安妮，「我的領地……還沒有接收到主人的訊息，因此還有很多……上不了檯面的行為。」

「沒關係。」安妮笑彎眼，打了打響指，骷髏們動作迅捷地將埋在地底的諸王們刨出來。

黑狼王約德拍了拍身上的泥土，明白安妮這是打定主意要去自己那裡看看了。

他一邊為安妮帶路，一邊飛快地思考著應對方法，能不能找機會派手下先回領地傳信，讓族人都對自己手下的奴隸好一點，就算看起來有點假，也比直接被安妮撞見狼族亞獸人打罵奴隸來得好。

但一出門他就發現，他的手下們全都倒在地上睡得正香，沒有一個能派得上用場。

黑狼王約德黑著臉，惡狠狠地踹了一腳地上睡得四腳朝天的狼群，怒吼道：「起來了，回領地！」

黑狼王約德直接轉換成了野獸形態，變成一隻體型壯碩、毛色油亮的黑狼。黑狼朝安妮低下頭顱，口吐人言：「尊敬的主人，您需要我當坐騎嗎？」

身後的狼群們發出低聲嗚咽，似乎不明白為什麼自己的首領，會對這麼一個看起來十分弱小的人類卑躬屈膝。但狼群內等級森嚴，他們也不敢對首領的行為發出質疑，只能也跟著朝安妮低下頭顱。

里維斯皺起眉頭，約德的態度轉換得也太快了，簡直讓人忍不住懷疑其中是不是有詐。

安妮對騎毛茸茸的大狼有些心動，但一想到這頭大狼是約德變的，又稍微有些嫌棄，於是真誠地婉拒道：「不，還是算了，里維斯想騎嗎？咳，能幫我找一隻漂亮的小母狼嗎？」

里維斯搖了搖頭，「我自己能跟上。」

黑狼轉頭對著另一頭體型稍小的狼命令道：「妳，去帶主人。」

「是！」那隻小母狼沒什麼抗拒地低下頭，來到安妮面前。

黑狼王的領地確實離這裡不遠，約德帶領狼群一路狂奔，很快就到達了。不知道是不是安妮的錯覺，她總覺得從半路開始，約德就一直在加速，彷彿在試探里維斯的速度。

而里維斯也一反常態，似乎有些爭強好勝，一路不甘落後地跟約德齊頭並進。

亞獸人的領土和安妮想像中有很大不同，亞獸人們似乎並不喜歡房子，他們更喜歡住在石洞裡，因此雖然部落裡人員眾多，一眼望去卻根本沒有幾棟建築。

這一路走來，安妮看到不少亞獸人變回狼形躺在地上晒太陽假寐，而諸多脖子上帶有鐐銬的人類正在烈日下勞作。

亞獸人們肯定不會費力為奴隸們建造房屋，所以他們只是居住在簡陋的帳篷裡。

看到約德他們的身影，不少狼都從地上爬起來，發出狼嚎呼應。

有一匹甩著尾巴、體型嬌小的狼飛奔而來，十分熟稔地圍著約德打轉，好奇地打量著他帶回來的兩個人。

不過比起他們，她對約德興趣更大，一眼就看見約德變為獸形後，耳朵上格外顯眼的小骨頭，好奇地問：「約德首領，這是什麼？是哪位王贈送的禮物嗎？南部大陸的人類，最近喜歡這種裝飾？」

約德瞬間黑了臉，「閉嘴，貝拉！」

安妮憋著笑插嘴道：「這可是尊貴身分的象徵！」

高傲的貝拉甩了甩頭，「人類，誰允許妳多嘴？」

約德忽然凶狠地撞她一下，「我叫妳閉嘴，別對我的主人放肆！」

貝拉夾緊了尾巴，似乎不敢相信從約德嘴裡會說出這樣的話，她不可置信地看著安妮，「主人……」

約德有些煩躁，揚起頭顱長嚎一聲，所有狼都仰起頭來看著他。

約德下達命令：「去把所有奴隸都叫出來！」

安妮看著狼群把所有奴隸趕到部落中央，驚訝地發現裡面除了人類，還有幾個不是狼族的亞獸人。

約德注意到她的視線，為她解釋道：「剛開始的時候，亞獸人們對於讓同族當奴隸的想法是相當鄙夷的。但是當越來越多的人類奴隸被交易，我們逐漸習慣這件事，就發現讓戰敗的亞獸人成為奴隸，是最好的羞辱方法。」

安妮掃了一眼，「就算這樣，裡面也沒有狼族的亞獸人。」

約德十分坦誠，「也會有，不過狼族亞獸人奴隸多半也是送去其他部落……我並不是要辯解，但主人，這是我們的天性。」

安妮瞇起眼看他，約德飛快改口：「但是，遵從強者的意志也同樣是我們的天性。」

安妮看向奴隸們，「接下來你打算怎麼做？」

約德長嘯一聲，「現在起，所有奴隸恢復自由，黑狼部族再也不允許出現奴隸！」

奴隸們不可置信地面面相覷，狼族亞獸人也不安地面面相覷。

有奴隸大著膽子問：「大人，那、那我們該去哪裡？」

約德有些不耐煩，「老子怎麼知道！」

那人立刻閉嘴，低下頭不敢再發問。

感受到安妮的視線，約德身體一僵，十分生硬地改口：「咳，反正，反正我們會給你飯吃的！」

安妮笑了一聲，「晴海沿岸的海妖一族，他們正在招募人手建造自己的領地，報酬是大海的饋贈——海魚、珍珠、珊瑚……」

奴隸們顯然有些意動，但還沒有人邁出第一步。

安妮指了一個方向，一隻骷髏從地下鑽出來，手裡拎起一面小小的旗幟，似乎是要幫他們指路。

奴隸們有些不安，終於有人邁出第一步，更多的人就跟了上去，長長的隊伍從黑狼王的領地蔓延出去。安妮就這樣凝視著他們的背影，但依然還有不少奴隸選擇留在黑狼王的部落。

儘管黑狼王約德跟她保證，如果這些人願意在黑狼領土內工作，他會給出相應的報酬，如果他們之後不想留在這裡，他也會隨時放人離開，但安妮也沒有完全相信他。

在安妮眼裡，黑狼王能屈能伸，並且對自己所做的事沒有絲毫歉意，難保他不會暗地裡籌備什麼計謀。但她也沒有逼迫著這些人離開，只是似笑非笑地點了點自己的耳後，然後在黑狼王恭敬的視線裡召喚出一隻骷髏。

這隻骷髏一出現，就十分自在地背著手在這裡轉起圈，彷彿在巡視自己的領地，不少狼族亞獸人看它的表情都有些古怪。
安妮看向約德，「即使是你不在的時候，如果它看到了什麼不合理的行為，也會立刻向我報告。」
「你最好做一隻乖狗狗。」安妮意有所指。
約德的表情有一瞬間的扭曲，但很快他低下頭，「是，我是您的……乖狗狗。」
安妮忍不住渾身一抖，「不，還是算了，你說這種臺詞讓人覺得怪怪的。」
她看向里維斯，不知道他有沒有感覺到哪裡奇怪，雖然亞獸人的天性就是服從強者，但約德這種巨大的轉變總讓她有點不安。
里維斯接收到她的視線，不知道是不是誤會了什麼，顯得有些慌張地強調：「我是您的騎士！」
安妮：「……我又沒要逼你說什麼。」
安妮已經打算離開了，但在此之前，她順便問了一句：「對了，約德，你們崇拜哪位神明？」
黑狼王約德自認為理解了她的意思，萬分恭敬地回答：「從今以後，您就是我們的神明。」

安妮：「……不是，我真的只是問問，你就當我對大陸的神話比較感興趣。」

黑狼王約德點點頭，毫無愧疚地說：「我們亞獸人並不是虔誠的種族，但依然有信仰的神明，我們信仰戰神。每次在種族之間的重大戰爭前，我們都會祭祀戰神。但南部大陸已經和平很久了，因此我們也很久沒有祭祀戰神了。」

安妮覺得有點好笑，這何止是不虔誠，簡直是快到有需求的時候，才臨時敷衍一下的程度。這麼看來，亞獸人還真是相當務實的種族，而且，以他們這樣的特性來看，只要有贏的可能性，對手即使是神他們也不會太在乎吧。

黑狼王約德努力地思考了一下，似乎終於想起了什麼，「另外，我還知道一些模糊不清的傳說，您想知道嗎？」

安妮點了點頭，黑狼王約德簡潔地敘述：「創世神隕落後，由六位原初神繼承了祂的尊貴。其中一位就是我們……曾經信奉的神，戰場的統治者，無敗之王——戰神。」

他抓了抓頭，壓低聲音說：「但是，似乎只有我們承認祂是原初神，其他信仰的記載又是不同的模樣。」

安妮挑了挑眉毛，這也很正常，信徒總是希望自己信仰的神明是最強的，後世傳說裡悄悄美化一下也不是不可能。

黑狼王約德接著說：「剩下的就是一些沒有根據的事情了，我們堅信戰神是亞獸人，或者就是傳說中的純血獸人。咳，我們狼族亞獸人當然是相信祂是我們的同族，不過獵鷹族也同樣這麼認為。」

安妮摸了摸下巴，亞獸人族信仰的戰神相傳是獸人，那海妖一族信仰的生命女神會不會也是海妖？

黑狼王約德指著一個方向，「我們族內有傳說中戰神的雕像，不過上一任王告訴我，那不過是按照著我們祖先雕刻的形象，放大尖牙多刻幾條腿，寓意祂比我們跑得更快擁有更強的力量……您要去看看嗎？」

安妮相當無言，你這麼介紹誰還會想去看看啊？

她拒絕約德的邀請，打算回到晴海沿岸。說實話，一想到那些自由散漫腦袋還不太好用的海妖，即將和人類碰面，安妮就覺得一陣頭大。

安妮離開黑狼王約德的領地，約德恭敬地半跪在地，直到看不見她的身影。

身邊的狼族不安地湊過去，「首領，你真的要認那個人類做……」

約德瞇起眼睛掃了他一眼，年輕的狼族亞獸人感受到來自上位者的威壓，害怕地嗚咽一聲，低伏著身體以示臣服。

約德掀了掀嘴角，「老子也想當天地間唯一的王啊，你能替我把其他人的領土全部奪下來嗎？」

所有人感受到來自首領的怒火，下意識地夾緊尾巴。

約德看向遠方，眼中閃現一絲狂熱，「如果當不了最強者，那就成為最強者最喜愛的人，哪怕是乖狗狗。明白了嗎？現在，得想辦法打探那位大人的喜好。」

貝拉眼珠轉了轉，「首領，那位大人剛剛說了，她對大陸上的各種神話傳聞很感興趣，人類王那裡一定還有其他的傳聞，我們可以趁大人還沒有去詢問之前，先把這些情報套出來，然後搶先送給那位大人！」

黑狼王約德滿意地笑了笑，「很好。」

另一邊，安妮和里維斯也沒有立刻傳送回晴海沿岸，他們悄悄跟著那些奴隸，觀察著他們一路的狀態。

安妮發現奴隸之間似乎也是有所不同的，有的人衣著相對整潔，看起來也並不瘦弱，但另外一部分人看起來就像是包裹著皮膚的骷髏。

他們有人互相攙扶著，小心討論著什麼，也有人抿著唇，一臉決絕朝著遠方前進。

安妮沉默地跟著他們，認真地想要記住他們的樣子。

「安妮？」里維斯低低喊了她一聲。

安妮回過頭，對他露出笑容，「沒什麼，里維斯，我只是希望能記得他們現在的樣子，即使有一天我成為了不起的大人物，也不會高高在上，忘記現在的心情。」

里維斯抿唇看著她，忽然開口：「安妮，我們都知道我們做的是正確的事。但妳也要知道，如果恢復自由之後，他們過得反而不如以前，這些人也許會怨恨妳。」

安妮有些迷茫地眨了眨眼，隨後很快理解了里維斯的意思，不是所有人都覺得「不自由毋寧死」的，對於一些人來說，如果出賣尊嚴就能活得很好，這反而是更輕鬆的活法。

她沉默地看著人群。

忽然有人爆出一聲呼喊：「是大海！」

人群立刻歡呼起來，剛剛幾乎都站不住的人們歡呼著奔向海岸線。安妮與里維斯稍早從貧民窟找來的幫手們，驚訝地看著這群激動得泣不成聲的人，看著他們朝著大海跪拜，感謝著一切目之所及的東西。

安妮忍不住露出笑容，轉頭對里維斯說：「即使只是為了此刻他們的喜悅，我做的一切也是值得的。」

里維斯忽然發問：「安妮，妳之前說過，要多次獻祭之後身體的器官才會復甦？」

安妮點點頭，有些奇怪地看著他，「是的，你怎麼了？覺得身體有些奇怪？」

里維斯困惑地把手放在心口，「我似乎聽見自己鼓動的心跳。」

安妮愣了愣，忽然臉色有些奇怪地看著他，她踏前一步湊近盯著里維斯的臉，「里維斯，你剛剛是不是……說了什麼奇怪的話？」

里維斯澄澈的藍眼睛疑惑地看著安妮，差點讓安妮以為是不是她想太多了。

但很快里維斯就意識到自己說了什麼，如果不是他的血液已經不會一股腦湧向臉頰，此時他蒼白的臉一定已經紅透了。

他努力為自己辯解：「不是的，安妮小姐，我並不是在說那種輕佻的話！我是、我是相當認同您的理解，也被您的善良所打動，啊，說打動是不是也顯得很奇怪？」

安妮忍不住笑了，腳步輕快地朝著晴海沿岸走去，「好了，快過去吧，一想到海涅那個笨蛋就要跟人類打交道了，我都不由自主地要替老祭司操心起來了。」

里維斯無奈地揉了揉額角，跟在她的身後。

新來的奴隸們似乎迫不及待要努力工作幫忙，但他們顯然還對海妖有些害怕，只敢跟已經投入工作的貧民窟勞力們搭話。

「那個，我們需要做些什麼？」

維克多表情奇怪地打量這個脖子上套著枷鎖的乾瘦青年，誠實地回答：「我覺得你需要休息。」

對方顯然誤解維克多的意思，還以為自己被拒絕了，他立刻試圖搬起腳邊的石塊，「我可以工作的，我還有力氣的！請不要趕走我，我吃得很少的！」

「嘩啦」一聲，海涅手上串著一串魚躍出海面，只聽見後半句話，立刻反駁：「不多吃點怎麼能好好工作！」

人群起了小小的騷動，但一路走到這裡的人應該也有相應的心理準備了，他們沒有後退，小心地打量著眼前的海妖們。

安妮差點笑出來，她看了看老祭司，在老祭司的帶領下，海妖們溫柔地吟唱著安撫人心的歌，不安的奴隸們稍微放鬆下來。

安妮清了清喉嚨，「會做衣服的，站到這邊來。還有會蓋房子的，去那邊，會做食物的來這邊，啊，有沒有會認字的？」

習慣聽從指揮的奴隸們立刻動了起來，在安妮的幫助下，遠道而來的奴隸們都擁有了工作。

明白自己要做什麼，他們反而放鬆下來，似乎一刻也不想停歇，著急著就要投入工作。

老祭司溫柔地看著他們，「感謝諸位遠道而來，幫助海妖一族建築自己的領地。先填飽肚子吧，我們想用大海的饋贈，款待我們的客人。」

安妮裝模作樣地抱怨一句：「哇，我當時都沒有得到款待，偏心、偏心！」

老祭司無奈地搖搖頭，「安妮，妳永遠是海妖族最珍貴的朋友。」

海涅悄悄湊過去，「別擔心，我把最大的魚留給妳了，那個，妳有沒有買……麵包？」

安妮笑了，故意用所有人都聽得見的聲音說：「麵包會有的，什麼都會有的！」

Getaway Guide for Necromancer

CHAPTER

3

【臨海城】

晴海海岸最近格外熱鬧。

其他王聽說安妮從黑狼王約德的領地帶走奴隸，一個個也十分有眼力地派來了自己的人馬幫忙。

不過這反而讓好不容易找到工作的奴隸們緊張起來，生怕被人搶走屬於自己的職責。

大部分的王只是派下屬來幫忙，蒂亞王不知道是為了表示忠心還是什麼原因，親自前來說想見見美麗的海妖。在她被海妖妖異美麗的外表震撼之後，很快又被對方驚奇的腦迴路震懾了。

除此以外，來得最勤快的就是約德了。

他不知道是哪根筋不對，三不五時地送來些珍貴的水果、香料、珠寶之類的東西，安妮原本以為這是送給海妖一族的，沒想到來人，啊，不是，來狼卻說是專門送給她的。

里維斯警惕著來自黑狼王約德的討好，提醒安妮這是一名狡詐的王者，不要輕易被他的示好蒙蔽雙眼。

安妮當然明白，她轉手就把這些東西轉贈給了海妖一族，由老祭司出面，回贈黑狼王一些珍珠、珊瑚，當做兩族友好的證明。

安妮以為這件事就到此為止了，沒想到沒過幾天，黑狼王約德親自帶著手下來了，還帶來一個據說以俊美外表聞名南部大陸的遊吟詩人。

安妮沉默地看著那位氣質憂鬱的詩人，又看了看幾乎要甩起尾巴來的約德，「……這到底是什麼意思？」

黑狼王約德抓了抓頭，「咳，我原本是想從族內挑幾個懂事的孩子送過來的，畢竟我們狼族又能打又能當坐騎，但是貝拉她說您不一定喜歡我們亞獸人這個模樣的。參考您身邊的那位騎士，我們覺得您應該是喜歡瘦弱一點的、看起來漂亮脆弱點的那種小白臉，所以我就把他抓，咳，我是說請來了！」

安妮看見里維斯握緊了拳頭。

為了避免這裡發生一場大戰，安妮立刻清了清喉嚨，「咳，你誤會了，我不是那種女巫！」

神情憂鬱的遊吟詩人抬起頭，「就是妳嗎?即使用這種方式也想和我見面的美麗小姐……」

安妮立刻往後一步，順便拉住似乎忍不住就要出手的里維斯，她指著約德立刻否認：「不是我，是他！」

遊吟詩人目光複雜地看著身形壯碩的狼族亞獸人約德，約德齜了齜牙，言辭粗魯地罵他一句：「看屁啊！」

「喔，不！」遊吟詩人痛苦地閉上眼睛。

只聽「嘩啦」一聲，海涅正從海裡一躍而起，搖搖晃晃地變出一雙帶著鱗片的腿，一旁的同伴們立刻十分熟練地扔出一塊布套到他的身上。

海妖們最近也學習了不少人類社會的常識，知道在眾目睽睽下赤身裸體是多麼不禮貌的行為。只是海涅這個粗心大意的傢伙經常要慢個半拍才能反應過來，幸好海妖是一個熱愛互相幫助的種族，在同伴們的幫助之下總算也沒惹出什麼騷動。

海涅有些笨拙地把掛在腰間的布打上一個結，一邊眼巴巴地看著安妮，「妳是不是又收到什麼好東西了，好吃嗎？」

安妮指了指因為見到傳說中的海妖，而激動地漲紅臉的遊吟詩人，撇了撇嘴，「這回收到一名遊吟詩人，不能吃。」

海涅搖搖晃晃地走過來，「遊吟詩人是什麼？」

遊吟詩人立刻站起來自我介紹：「就是彈奏樂器演唱詩篇的浪子，我走過大陸無數的山川……」

海涅抓住了重點，「會唱歌？我也會唱歌！我在海裡也去過很多地方，我也是遊吟詩人！」

安妮無語了。

海涅十分好奇地盯著那位憂鬱的遊吟詩人，「喂，人類，讓我聽聽你唱的歌！」

聽完遊吟詩人的作品，本著禮尚往來的精神，海涅也為他唱了一首歌。

原本就神色憂鬱的遊吟詩人，在受到天賦種族海妖的歌唱打擊之後，臉色蒼白得搖搖欲墜。

黑狼王約德的臉色也很不好看，本來他是打算藉著遊吟詩人討好安妮的，但現在他被海妖比下去了，那就沒什麼用了。約德臉色不善地盯著海涅，本來以為海妖族都是一些沒什麼心眼的笨蛋，沒想到這個叫「海涅」的傢伙倒是心思細膩，絕對不能輕視他！

約德打量一下海涅的雙腿，冷笑一聲，下次他找一個會跳舞的過來！他就不信這群不習慣用腿的海妖比跳舞還能贏過他的人！

至於海涅本人，對此毫無察覺，還好奇地湊過去問里維斯和安妮：「嘿，你們也會唱歌嗎？也讓我聽聽你們唱歌？」

安妮露出笑容，「我不會唱歌，不過我有一隻骷髏，它會吹大陸上各式各樣的樂器。可惜它的肉體已經腐爛了，喉嚨也不存在了，不然歌聲一定也很美妙吧？」

里維斯面露難色，「我、我對唱歌有些……」

安妮也好奇地歪了歪頭，「怎麼了？」

里維斯似乎有些不好意思，但還是打算坦然面對自己的缺點，「金獅帝國的騎士團在祭典的時候會有騎士舞表演，不用唱歌，只是用劍敲擊盾牌，是一種表現勇武的舞蹈。就連那個，我也總是踩不準節拍。明明我無論是學習劍術還是背誦歷史時都沒有遇過這樣的挫折，唯有音樂方面，實在是毫無天分。」

海涅似乎完全不能理解有人會苦惱於踩不準節拍，他有些憂心地問：「你是不是生病了？」

安妮抬手敲了一下他的頭。

里維斯無奈地笑了笑，他似乎想起某段溫柔的回憶，眼裡帶起明顯的笑意，「也許是吧。可惜我身為騎士團的一員也沒辦法臨陣脫逃，那時候讓大家操碎了心。格林查找了很多文獻，菲爾特和尤莉卡陪著我一起訓練，到後來連我身邊的侍從都學會了，依然只有我找不到節奏，那時候菲爾特都絕望地建議我請求樂神的庇佑，然後聽天由命。」

「後來成功了嗎？」海涅有些緊張地問。

「至少所有人都沒發現我找不到節拍。」里維斯聳了聳肩，「那一次的祭典之前，我認真祈求樂神的庇佑。尤莉卡還替我總結呼吸法，就是保持兩次呼吸敲一下的頻率，另外，格林還向父親提議，讓所有的民眾一起表演騎士舞。

「等到正式演出的時候，民眾們拿著有鋼鐵聲響的鍋碗瓢盆站在道路旁，人一多起來，總有人會錯得比我更離譜。雖然看起來不太正式，但所有人應該都相當盡興……孩子們舉著木製的劍盾在騎士身邊穿行，貴族們取出代表先祖榮耀的寶劍，所有人都樂在其中。」

安妮撐著下巴微笑，「聽起來金獅帝國可真是一個不錯的地方。」

里維斯仰起頭，帶著笑意對她點頭，「是的，那是我引以為傲的家鄉。」

約德默不作聲地盯住了里維斯，忍不住齜了齜牙，這個男人不愧是最早就跟在安妮大人身邊的人！原本還以為他只是靠臉，沒想到也很有手段啊！這種坦然展露自己缺點的行為，簡直就像是動物露出柔軟的腹部求撫摸一樣！

可惡，他怎麼沒有想到，人類真是狡詐的種族！

送走了黑狼王，勉強留下了堅持要跟海妖學習歌唱的遊吟詩人，安妮學著懶洋洋晒太陽的海妖，躺到了海岸邊的礁石上。

身邊的海妖翻身，順便提醒安妮：「翻個身，這樣全身才能都晒得暖洋洋的。」

安妮聽話地翻了個身，然後抬起頭抱怨一句：「臉有點痛。」

海妖們輕快地笑了起來。

安妮跟著海妖們再次翻身，看見旁邊站著一名小心翼翼打量她的孩子。他手裡拿著一個漂亮的貝殼，注意到她的視線，有些不好意思地將東西放到她的身前，然後虔誠又認真地向她行禮，轉身飛快跑回自己母親的身邊。

安妮朝他們點了點頭，當著他們的面把貝殼收進口袋裡，孩子抓著媽媽的手，露出雀躍的表情。

海涅有些好奇，「妳為什麼要讓他們給妳貝殼？那又不能吃，我聽說在人類世界裡也不值錢。」

安妮無奈地聳了聳肩，「我也希望他們什麼都不給，但這樣似乎會讓他們不安心。」

一開始的時候，他們會把海妖族給他們的東西，都分出很大一部分送給安妮，看起來簡直像是上供和祭祀，即使安妮拒絕了，他們也只會更加不安。所以安妮就想出一個辦法，說她最喜歡海邊漂亮的貝殼，讓他們如果撿到的話，把這個送給她就好了。

安妮坐在岸邊發呆，里維斯坐到她身邊，「在想什麼？」

安妮認真地考慮著，「我們是不是該讓他們也取個部族的名字？他們也不是海妖，就算被稱為海妖一族也不會有歸屬感的。」

不知何時老祭司也來到她的身邊，她目光溫和地看著安妮，「這也正是我想說的。和這些人類相處這麼久，我已經能夠確認他們的勤勞、善良，安妮大人，妳覺得我該用什麼辦法，讓他們更加信任我們呢？」

安妮認真地思考著，「嗯，先從有個共同的家開始吧？我們可以稱這裡為……臨海城！海妖和人類，都是臨海城的居民，妳覺得怎麼樣？」

老祭司露出笑容，「這是很好的提案，只是這裡……能夠被稱為城池了嗎？」

「會建起來的。」安妮指著那邊已經初具雛形的石頭屋，露出燦爛的笑容，「前幾天，那裡還什麼都沒有呢。」

遊吟詩人深吸一口氣，「啊，我的靈感正在源源不斷地湧來，臨海城，我要為這裡寫下傳頌萬世的詩篇！」

海涅點點頭，「我也有感覺了！」

遊吟詩人眼睛一亮，「喔，請一定要讓我聽聽您的創作！」

海涅沒有推辭，為他「啊」了一曲。

曲調悠揚，後半段又不失恢弘大氣，讓人聽了不由得心潮澎湃，但遊吟詩人突然意識到了一件事——海妖唱歌好像沒有歌詞！

遊吟詩人終於找到自己職業生涯的前進目標。

經過幾天的相處，臨海城的人類已經逐漸和海妖們熟悉起來，雖然成年人多少還保持著一定的警戒心，但好奇心旺盛的孩子們，已經敢大著膽子跟海妖們說話了。

有人試著問能不能摸摸他們漂亮的鱗片，也有人想要跟著他們去海底看看。海妖們知道各個種族對幼崽的重視程度，沒有貿然帶孩子們深入大海，頂多帶著他們在淺水區轉一圈。

也不知道是什麼原因，海涅在孩子們中的人氣格外高。

安妮考慮了片刻，點頭道：「應該是被當成同齡海妖了。」

里維斯也附和著點點頭，「大概是覺得沒有危險性吧。」

兩人坐在礁石上，看著被小孩們慫恿著在海裡撲來撲去的海涅，眼神中忍不住帶上一點慈愛。

一個腦門十分光亮的小女孩，一路跟在海涅身邊，好奇地問他：「魚跑得那麼快，你是怎麼抓到的呀？」

海涅剛停下來沒多久，指揮著孩子們幫他找一塊大小適中的石塊，用來打磨自己最亮的那塊鱗片，聞言立刻得意地甩了甩尾巴，「因為我游得比牠更快！」

「哇！」小女孩拍著手。

海涅挺起胸膛，「妳是不是餓了?等著，我這就幫妳抓一條！」

小女孩還來不及制止他，海涅的魚尾就甩出一道優美的弧度，「嘩啦」一聲消失在海面下。

沒過多久他又鑽了出來，扔給小女孩一條活蹦亂跳的魚。

小朋友們捧場地歡呼起來，只有小女孩看著被丟上岸的魚，天真又不失善良地問：「牠被抓走了，牠的爸爸媽媽會不會傷心呢？」

安妮默默捂住心臟，里維斯也露出動容的神色，周圍的小朋友面面相覷，不知道該做什麼表情。

就連一向神經大條的海涅也愣在了原地，他思考了片刻，又一頭鑽進海裡。

安妮搖搖頭，「就算是海涅，在這種時候也會覺得……」

忽然海涅又一次從海面鑽出來，嘩啦啦扔下一大群魚，他驕傲地抬起頭，「這下牠們全家都在這裡，不用分開了！」

安妮搶在小女孩哭出聲之前衝上去把她抱起來，里維斯無奈地把海涅拎到一邊進行人類知識緊急教育。

片刻之後，哭哭啼啼的小女孩回到父母身邊，安妮煩惱地抓了抓頭髮，小孩子的教育問題可真是讓人頭大啊，不能說謊，也不能說得太殘忍。

沒過多久，海涅垂頭喪氣地挪了過來。

安妮詢問里維斯：「跟他說明白了嗎？」

里維斯的語氣也不是很確定，「大概……」

安妮又問海涅：「你明白什麼了？」

海涅幽幽地嘆了口氣，「我明白了人類的心臟真的很脆弱，就算沒有被攻擊，知道太殘忍的事情也會死掉。唉，一想到臨海城有這麼多脆弱的人類，我就很擔心能不能保護好他們……」

安妮忍不住露出笑意，「你想保護他們嗎？」

「當然啦！」海涅十分有大哥風範地揚起頭，「他們已經是我領地的居民了！」

里維斯笑著搖搖頭，「好了，你們的課要開始了，快點去上課吧。」

晚餐過後，在老祭司的主持下，要對海妖們進行人類世界通識課教學，安妮和里維斯都客串過老師。

安妮抓了抓頭，「今天是誰講課來著？」

里維斯目光複雜地看著她，「是妳，安妮，妳該不會根本沒有準備要講什麼吧？」

安妮拍了拍胸脯，「怎麼會呢，我當然好好準備了！」

過了不久，海妖們在海岸邊的大礁石上集合，海涅坐在最前面，還帶了一大堆貝殼，似乎是打算邊聽邊吃。

安妮掃了他一眼，無情地把貝殼收進了自己的口袋裡，「上課不許吃東西，全部沒收！」

海涅憤怒地齜了齜牙，然後被溫柔的老祭司一巴掌把頭拍進沙地裡。

安妮見狀，心裡想著她老是忘記海妖本身也是個十分凶悍的種族。

安妮召喚一隻骷髏，對著在場的海妖們介紹：「今天，我們來介紹一下人體的構造。首先看這裡，這是頭，沒有頭，就會死。」

海妖們若有所思，紛紛伸出手摸了摸自己的頭，海涅贊同地點點頭，「我知道，海妖也有頭，海妖沒有頭也會死！」

安妮隨手把骷髏潔白的頭骨摘下來，指著它脖頸處的脊椎骨說：「這裡的骨頭也很重要，如果斷了就會撐不住頭，就沒辦法走路了，當然，更大的可能就是會死。

「這是手骨，如果沒有手看起來好像不要緊，但是多半也會死，因為失血量過多。」

里維斯面無表情地聽著安妮為海妖們講解著……人類的一百種死法。

他嘆了口氣，忍不住捂住眼睛。

等到她終於講完上半身，安妮指向骷髏的盆骨，小骷髏似乎有點羞澀，不好意思地遮掩了一下，才含羞帶怯地站直了。

安妮清了清喉嚨，示意這是重點，「接下來是重要的地方，海妖和人類的上半身構造相差不大，區別最大的還是下半身。人類的男性和女性，下半身也不一樣，男性會有……」

「安妮！」里維斯有些失態地站起來制止她，「不能說這個！」

海妖們困惑地看過去，老祭司十分體貼地說：「如果涉及到人類這個種族的祕密，我們能夠理解你們有所保留。」

「啊，要說祕密也能這麼說啦，畢竟跟人類的繁衍和誕生有關，但也不是不能讓你們知道的事情。」安妮抓了抓頭，「不過由我來解釋確實有些怪怪的，不如這樣吧，里維斯是人類男性，你們只要問里維斯就好了！」

里維斯板起臉，「抱歉，這方面我無能為力。」

海涅歪了歪頭，「那我可以找其他人問嗎？」

他隨手抓住一名路過的奴隸，「能不能讓我看看……」

安妮有些後悔自己講到這個話題，以海涅這種一根筋的腦袋，萬一真的跑去找人類要求親眼看看……

安妮嚴肅地板起臉，「我建議你不要，會挨打的。這對人類來說是非常……」

海涅自以為了解地撇了撇嘴，「知道了，這多半又是什麼殘酷的行為，看了人類又會死嗎？」

安妮看向里維斯，在對方的目光默許下，還是保持了沉默，就讓這個美麗的誤會延續下去吧。

安妮上完課，就把小骷髏丟給他們，任由一群海妖對著它上下其手進行實踐，自己就蹲在礁石上，靜靜看著他們，臉上帶著溫和的笑意。

她在溫柔的海風裡開口：「里維斯，我們該離開了。」

里維斯默默點頭，他明白他跟安妮不可能一直留在臨海城，他們得去面對這風平浪靜之後，難以預料的命運。

從那次陪著奴隸們走到臨海城時他就注意到了，安妮時不時就會走到人跡罕至的地方，一個人安靜地看著眾人，就好像是希望自己能夠記住他們的樣子。

安妮低聲開口：「里維斯，其實我有點害怕成為神。

「從神諭之珠裡窺視到的一點命運神的影子，還有無盡之海那裡傳來的生命女神的聲音，無論是哪個神，我都覺得祂們高高在上，充滿神性，冷漠無情又公正憐憫。

「我不想丟掉這些，如果有一天我想起逝去的家人也不會掉眼淚了，看到這樣歡樂的場面也不會露出笑容了，該怎麼辦呢？」

里維斯注視著她，低聲說：「請不用擔心，我會陪著妳的。」

安妮無奈地伸了伸懶腰，「這裡一定會變成一個好地方的，多希望媞絲和里安娜也能到這裡來，就是戈伯特的骸骨被封印了有點麻煩，如果世界之樹能自己長腳跑來就更好了。

「抱歉，我又在說異想天開的話了，明明我們是因為沒有其他選擇，才不得不成為七大災的。」

她看起來似乎是放棄了這個想法，但里維斯依然注視著她，「我會陪著妳的，無論妳是亡靈女巫安妮，還是愛哭鬼安妮，哪怕妳將來成為不能被人直呼尊名的神祇，我也會陪在妳身邊，提醒妳，妳曾經是一名會在家人面前嚎啕大哭的小丫頭，也是一個會為他人的苦難悲傷的好女孩。

「妳堅強又脆弱，強大又溫柔，偶爾有點壞心眼，但無法掩蓋善良的本質。妳是在愛裡長大的女孩，妳珍視家人，愛恨分明。我會一直看著妳，記住妳是怎樣的『人』，然後在妳即將遺忘的時候，一次又一次地告訴妳。」

安妮覺得眼眶有點發酸，但她故作瀟灑地把頭轉到一邊，「我總覺得你好像稍微幫我美化了一點，好吧，也只有一點點，因為我本來就是了不起的大法師，對吧？」

里維斯笑了，溫柔地點點頭。

安妮站起來，看向遠方，「我們從黑鐵聯盟穿過去，經過金獅帝國，再去魔土。如果你想回家看看，我們可以在金獅帝國稍微逗留一陣子，不知道媞絲和里安娜還在不在魔土……」

晴海沿岸的叢林暗處，一位身著命運神殿盔甲的騎士站在這裡，從盔甲上的紋樣來看，他是命運神殿總部最高級的聖杯騎士。

他身後的騎士不安地抬起頭，「大人，既然知道了他們的目的，我們是不是該前去埋伏？」

聖杯騎士回過頭，輕輕笑了一聲，「你趕著去送死嗎？沒看到聖光會的老傢伙都不是她的對手？」

「是。」騎士低下頭，「那我們該怎麼辦？」

聖杯騎士盯著安妮和里維斯，「報告教皇，讓他祈求神明的回應。」

「是！」騎士飛快地離開，這裡只剩下了他一個人。

聖杯騎士沉默地看了他們片刻，最後也轉身離開，只是低聲說了一句，不知道是給誰聽。

「……誰也無法看透命運。」

等到離開的時候，安妮終於體會到有手下的好處，蒂亞王把一切都幫他們安排得妥妥當當。

安妮打量著眼前的馬車，蒂亞王露出笑容，「我的領地和金獅帝國一向有貿易往來，這也是我能一眼認出里維斯殿下的原因。兩位跟著我送貨的商隊一起前往，可以避免很多麻煩。」

兩人並沒有刻意掩藏離開的消息，以至於蒂亞王身後還站著不少諸王的使者和諸王本人。

里維斯神色複雜地看著黑狼王約德手裡那一群眼睛都還沒睜開的小狼崽，忍不住出聲詢問：「你又想做什麼？」

約德直接越過他，把一群毛茸茸的小狼崽子遞到安妮面前，露出笑容，「這是我們族內新降生的幼崽，狼族亞獸人如果從小在身邊養大，會相當忠誠，安妮大人，您要不要帶一隻走？他們長得很快的，很快就能派上用場。」

里維斯一陣頭痛，「送回他們母親身邊去！」

然而安妮已經悄悄伸出手，約德立刻從善如流地遞上去。

安妮抱起一隻小狼崽，在里維斯譴責的目光裡義正言辭地拒絕：「我是不會帶他們走的，我只是摸摸，就摸一下！」

里維斯無奈地嘆了口氣，約德露出笑容，「既然這樣，大人幫他們取個名字吧？」

里維斯恍惚間覺得這才是他真正的目的。

安妮勉強取了一些「湯姆」、「傑瑞」打發走約德，看著蒂亞王身後還有黑壓壓一群海妖和臨海城居民，立刻往馬車裡一鑽，「不用告別了，不要淚汪汪地看著我，我這就走了！」

說完她悄悄掀起一點車簾，偷偷看外面人的反應。

民眾們或許是畏懼諸王的威嚴，沒有貿然靠近，但不少人都雙手合十做出祈禱的姿勢。看到他們沒有明顯的不安，安妮鬆了口氣。

老祭司上前站到窗前，溫柔地說：「安妮，祝妳得償所願，海妖一族永遠是妳的朋友。」

海涅也眼巴巴地湊過來，「我也想出去玩。」

安妮還來不及開口拒絕，他自己就又嘆了口氣，「但是祭司說我走路還走得不好，等我練好走路，就聯繫你們，你們找一個海岸來接我，不管是命運神還是其他的什麼傢伙，我幫妳一起揍他！」

安妮笑道：「萬一我們沒找到你，你就被別人擄走了怎麼辦？」

海涅挺起胸，「那就揍他一頓，然後威脅他帶我去找你們！」

安妮憋著笑，越過他看向老祭司，「您可要多看著點這傢伙，他這麼傻，要是隨便就跑到外面去，多半就回不來了！」

老祭司慎重地點了點頭。

海涅皺起眉頭，「我怎麼覺得你們在……」

安妮鄭重地伸出手，拍了拍海涅的肩膀，「聽我說海涅，如果有一天你真的離開了大海，萬一遇到什麼壞人，你打不過也逃不掉，被抓住了也要好好吃飯，知道嗎？」

海涅困惑地歪了歪頭，「為什麼？海妖族是有尊嚴的種族，我們是不會吃敵人的食物的！」

「因為你得先活下去。」安妮露出笑容，「我一定會來救你的。」

「好吧。」海涅下意識地答應了，腦袋裡把話轉了一圈才反應過來不對，立刻張牙舞爪地抗議起來，「我很厲害的，我們還沒打過呢！我比妳厲害！

妳才是，如果被命運神抓住了也不要怕，等著我來救妳！」

安妮在馬車裡笑得直不起腰。

蒂亞王微笑著擺擺手，「好啦好啦，再說下去今天就走不了啦，別擔心，安妮大人一定會得償所願，平安回來的。」

車輪終於滾動起來，安妮伸出頭，小心地朝他們揮了揮手，她有些新奇地轉過身，「我還是第一次有這麼多人送行。里維斯，你出門的時候也會有那麼多人送行嗎？」

里維斯微微沉默，然後點了點頭，「我之前去黑鐵聯盟也是接受了任務，除非是祕密任務，否則騎士團出發前，都會有很多人歡送。」

安妮從來沒問過里維斯當初的任務是什麼，她想如果是涉及金獅帝國的機密，那麼無論如何里維斯也不會說的，但如果沒什麼要緊的，里維斯自己就會說的，用不著特地問。

既然他到現在還沒有主動提起過，那應該就是有什麼不方便說的訊息了。

安妮略過這個話題，說起另外的事，「金獅帝國有什麼好吃的嗎？特別的美食？還有沒有什麼好玩的？」

里維斯無奈地笑了，「妳總是吃不了多少東西，哪怕有美食也只是嘗一口就算了。」

「這也沒辦法嘛。」安妮小聲嘀咕，「這是有客觀原因的！」

自從里維斯知道安妮身體的異常以後，總算是不再逼著她好好吃飯、按時睡覺了，但還是會確認她每天保持著足夠的休息，也進行一定分量的食物攝入。

安妮偶爾也會覺得有些古怪，明明她才是召喚者，怎麼反而是里維斯在照顧她的樣子。

安妮走著神，里維斯徒手掰開一個硬殼水果，把軟肉遞到安妮嘴邊，「吃嗎？」

安妮下意識咬了一口，等反應過來的時候表情變得更加複雜。

里維斯有些奇怪，「怎麼了？」

「不，沒什麼。」安妮默默嚥下酸酸甜甜的水果。

很快馬車再次停了下來，看樣子是已經抵達了晴海部族和黑鐵聯盟的邊界。

安妮探出頭，另一輛馬車上的蒂亞王下車靠近，「我就只能送你們到這裡了，之後就會進入黑鐵聯盟的領地。我們的商隊偶爾也會遇上排查，兩位自稱是我僱傭的護衛就可以了，以防萬一還可以出示冒險者協會的徽章。」

他們價值五銀幣一個的徽章已經換了，換成據說能證明實力的高級徽章，蒂亞王說，這也是冒險者協會的示好。

安妮點了點頭，示意自己知道了。

蒂亞王露出笑容，「雖然跟著商隊速度會慢很多，但會少很多麻煩，還請兩位稍微忍耐了，馬車上準備了水果，那些你們都可以隨意品嘗。如果一路上碰見什麼喜歡的東西，也請不要客氣，我的屬下會替您買單的。」

她指了指商隊領頭的那位騎士，褐髮騎士立刻站直了行禮，瞥見蒂亞王的時候還不好意思地紅了臉。

安妮好奇地打量他。

蒂亞王微笑著介紹：「他叫皮卡，別看他年輕，已經是一位相當可靠的騎士了。如果有什麼急事，他身上有帶兩張傳信卷軸，你們可以讓他傳話給我。」

安妮點了點頭，她已經準備得相當妥當了。

蒂亞王又轉身取出一個小包裹，微笑著看向安妮，「這裡面是一些衣服和首飾，我並不知道您要去做什麼，但那身黑袍顯然是不能應付所有社交場合的。安妮大人，我知道您相當強大，但有些事情，或許不用武力也能解決。

「我還為您準備了幾件白袍，不知道為什麼暗系法師總是喜歡穿著黑袍，換一件白袍也能很好地掩飾身分。」

安妮從蒂亞王手裡接過一個又一個包裹，忽然生出一種錯覺，覺得她像是一名送孩子出門遠行的操心母親。

安妮臉色古怪地問她：「邦妮，妳為什麼這麼……」

她有點找不到一個合適的形容詞。

蒂亞王已經笑了起來，「您大概是奇怪為什麼我成為奴隸，卻不想反抗吧？安妮大人，我畢竟是在這個位置上坐了這麼久的人了，我明白看一個人不能看她說了什麼，而要看她做了什麼。

「就算您號稱要把我們變成您的奴隸，您也並沒有做什麼奴隸主該做的事。妳只是幫助奴隸，建立海妖和人類共存的城池。我已經親眼見過臨海城了，我相信自己的判斷。」

安妮眨了眨眼，總覺得自己被小瞧了，她板著臉瞪她，「妳可不要小瞧我啊，我是凶狠的女巫喔！」

蒂亞王掩唇一笑，風情萬種地邁出一步，輕輕挑起她的下巴，「您要知道，女人看女人是最準的，在菲特大陸這個牌桌上，我決定把賭注全壓到妳身上。等您贏下這場博弈，即便是您給予的鐐銬，也會變成無上的榮耀。

「我會恭候您歸來。」

安妮沉默地回到馬車上，她轉頭看向里維斯，「她是一個相當可怕的傢伙，對吧？」

里維斯鄭重地點了點頭，「是的。

「蒂亞王繼承王位的時候不過是一名十四歲的少女，前任國王和王后死因成謎，據說是被人刺殺。為了穩定國內局勢，蒂亞王嫁給一位白塔國的大貴族，那位大貴族也成為她的領土實際上的掌權者。但不出三年，蒂亞王就完全掌握了軍隊和國內勢力。而那位大貴族的身體卻一日不如一日，在兩年前，迫不得已將自己所擁有的一半治國權交還給蒂亞王，如今已經很少出現在人前了。」

安妮好奇地轉過頭，「也就是說，他到現在還活著？」

里維斯點點頭，「是的，聽說蒂亞王每年都會花費重金尋找為他續命的方法。」

安妮嘀咕一句：「我還以為是她讓大貴族生病的呢，這麼看來，難道他們感情相當好？」

里維斯微微笑了笑，「安妮，政治並不是這麼簡單的東西，那位大貴族活著，反而比死了更好。如果他死了，蒂亞王就不得不再尋找一位丈夫，而那位丈夫就會分走她手裡一半的治國權，除非……他再次變成無法執政的重病之人。

「我會記得蒂亞王，是因為她跟金獅帝國一向有貿易往來，與尤莉卡的關係相當不錯。尤莉卡說，她們聊起婚嫁的時候，蒂亞王曾經對她說過一句話——與其祈禱上天賜給自己的丈夫是一位懂事的男人，不如想辦法讓他變得不能礙事。」

Getaway Guide for Necromancer

CHAPTER

4

【葡萄鎮】

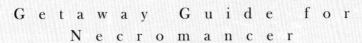

安妮聽故事聽得津津有味，翻身去馬車後面摸出幾顆水果，也不吃，就捏著玩。仔細想想他們這一路和水果倒是緣分不淺，去南部大陸的時候，他們似乎也是跟著一隊搬運水果的商隊。

「看來蒂亞王確實是一位了不起的君王，對她也不能掉以輕心。」聽完故事，安妮下了這樣的判斷，然後露出笑容，「不過我還是覺得她應該不是個壞人，她給我的感覺跟媞絲很像。」

里維斯贊同地點頭，「確實不能簡單地用好壞評價一位王。」

安妮在馬車內躺下來，按照蒂亞王的模板為媞絲編了一個樂觀的現狀，「說不定現在媞絲也還好好活著，已經控制住魔王變成了魔族實際的執政者了！等我們過去，我們不僅有臨海城和十三王，還有魔族當小弟啦！」

里維斯沒有說潑冷水的話，撐著下巴陪她胡思亂想，露出笑意，「那樣的話，可一定要跟金獅帝國交好啊，以後我的國家也拜託你們照顧了。」

安妮笑彎了眼，拍了拍他的肩膀，「這是當然的！」

趕路其實是相當無聊的一件事，尤其是跟著商隊，安妮迷迷糊糊地在車上睡了幾個回籠覺，終於等到車隊停下來。

安妮一骨碌爬起來，里維斯趕緊伸手護住她的頭，還是不出意外聽見「咚」的一聲。

里維斯嘆了口氣，「痛不痛？」

安妮搖搖頭，把他的手拉下來，「你痛不痛？」

問出口安妮才覺得哪裡不對，兩人無言地對視片刻，安妮抓了抓頭，「睡迷糊了，我差點忘了，你不會痛了。」

「嗯。」里維斯收回手，默默垂下眼。

安妮往馬車外走了一步，又轉過頭強調：「但是關心還是要關心的！」

里維斯忍不住笑了一聲，微微點頭，「嗯。」

車隊已經進入黑鐵聯盟邊界，這次停頓休息說是要整理一下貨物，其實也是皮卡為了提醒他們，已經接近小鎮了。

皮卡恭敬地行禮，「我們就要進入葡萄鎮了，會在這裡出售一部分貨物，因此會停留一兩天，兩位可以隨意逛逛，但最好還是帶著我們的人。畢竟小鎮裡有聖光會的教堂，只要兩位跟我們的人在一起，即使他們察覺到什麼也不會貿然出手的。」

安妮點了點頭道謝，嘀咕一句：「之前放走了那個聖光會隱者，不知道會不會讓他們老實一點。」

里維斯點點頭，「至少會讓他們忌憚一點，知道隱者也不是您的對手，一般的主教應該就不會貿然出手了。」

安妮點了點頭。

他們的對話讓前來通知的皮卡愣在了原地，他有點懷疑自己的耳朵，聖光會的隱者不是傳說中的人物嗎？放走是什麼意思？老實一點又是什麼意思？

蒂亞王之前只告訴他，這是一名身分尊貴的善良的亡靈女巫……

皮卡的表情有點呆滯。

大概是他困惑的眼神太過明顯，安妮好奇地看過去，「啊，你還在這裡啊？」

皮卡嚇得渾身一震，「抱歉，我、我絕對沒有聽到什麼不該聽的！」

「沒關係，不是什麼大不了的事情。」安妮露出笑容，拍了拍他的肩膀。

皮卡努力站直身體，怪不得王交代他千萬不要跟這位大人頂嘴，這一切都是有深意的，這一定是亡靈法師裡面的大人物！

短暫的休息過後，安妮又回到了馬車上，正在她百無聊賴之時，突然她轉過頭，對著某個方向仔細嗅了嗅。

這個動作讓里維斯有點熟悉，他皺起眉頭，「怎麼了？這裡也有血腥味？」

正好馬車停下，準備接受入城的檢查，安妮坐直了身體，露出饒有興味的表情，「沒有，但是這裡有一個怨靈。」

里維斯有些疑惑，「之前我見過妳召喚海底的怨靈，怨靈和一般的靈有什麼不一樣嗎？」

安妮擺出幫海妖們上課的模樣，「還是有很大不同的。一般的人死後，靈會很快消散回歸冥界，亡靈法師和一些特殊種族算是特例，其他依靠某些特殊方式強行在人界逗留的死靈就會成為怨靈。大部分怨靈需要依附於某些富有靈力的器物，比如忒彌斯附身的那枚鱗片，只不過有梅斯特在她身邊，倒不用擔心她會失控發狂。

「而野生的怨靈多半擁有強烈的執念，除非它們附著的是什麼聖物，不然隨著靈物力量的流失，它們會逐漸忘記自己生前的一切，直到變成只記得執念的怪物。如果是復仇之類的執念，那也許就會演變成殺人的怨靈，如果只是想要留在人世之類的執念，世上也許就會多一棟鬧鬼的房子。」

「怨靈也有各式各樣的，怎麼樣，是不是很有意思？」

里維斯無奈地點點頭，「確實讓人大開眼界。」

車隊很快通過鎮口的檢查，他們正式進入葡萄鎮，安妮朝他擠了擠眼，「反正他們也要在這裡待幾天，晚上我們要不要去探險？」

里維斯無奈地看著她，「安妮。」

安妮辯解：「我也不是亂湊熱鬧的！是這個怨靈讓我覺得有些熟悉，不過也不是太熟悉，大概就是在永夜森林見過一面的黑騎士，或者是送我們去南部大陸的那個馬夫那種程度的熟悉！」

里維斯瞭然地盯著她，並沒有上當，「妳特意拿吉斯舉例，就是想要慫恿我參與這件事吧？」

安妮嘿嘿笑了兩聲。

里維斯無奈地搖了搖頭，「知道了，我會陪妳去，希望不會惹出什麼麻煩。」

安妮拍著胸脯保證，「我心裡有數的，肯定不會惹事的！」

皮卡來請兩位大人下車的時候，發現了安妮大人的步伐似乎格外雀躍。

皮卡不明所以地抓了抓頭，盡職盡責地為他們介紹：「二位的房間在三樓，靠在一起，周圍都是我們的人，我就在您隔壁，有什麼需要可以隨時找我。」

里維斯下意識問了一句：「兩間房？我……」

「嗯？」皮卡臉色有些古怪地看過去。

里維斯尷尬地清了清喉嚨，把頭轉到一邊，「沒什麼，我是說，多謝。」

兩人分頭進了房間，里維斯沉默地坐了片刻，雖然說這家旅店目前可能都是蒂亞王的人手，但他還是不太放心，果然還是去安妮門前站著好了。

里維斯剛剛打定主意站起來，就聽到自己的窗戶被敲響了，他警覺地握住手裡的劍。他記得這裡可是三樓，誰會敲響他的窗？

里維斯推開落地窗，沉默地看著眼前面容可怖的痛苦女妖。他下意識看了一眼樓下，希望不會有誰在這時候抬頭，不然恐怕晚上要做惡夢了。

痛苦女妖指了指隔壁，里維斯明白了她的意思，「安妮叫我過去？」

痛苦女妖點了點頭。

里維斯打量一下兩個房間陽臺間的距離，動作矯捷地翻身躍進安妮的陽臺。他在心裡忍不住嘆氣，當年那些貴族禮儀他恐怕是都白學了，別說翻牆，現在連爬淑女的陽臺這種事他都做得出來了。

安妮看著里維斯從陽臺進來，看起來一點都不意外。

里維斯似乎還有些拘謹，他有點刻意地找了個話題，「……我以前以為鬼魂只會在夜晚出現。」

安妮接過話題，「野生的是這樣的，因為夜晚暗元素比較濃郁，它們出來消耗比較小。而我召喚的死靈由我供給靈力，所以也不用在意什麼白天黑夜。」

「但是會嚇到人。」里維斯強調了一句，「我剛才多麼擔心會有路人抬頭被她嚇到！」

安妮哈哈大笑，「別擔心，一般人是看不見亡靈的，他們頂多只會覺得有點涼颼颼的。對了，我剛剛已經問過店裡的伙計了，這附近真的有鬧鬼事件！

「據說是幾天前的事，就在鎮外的荒地，有人趕夜路的時候聽到求救聲，找了一圈沒有線索就求助當地的衛兵。衛兵仔細排查之後，居然在荒地裡找出一具被殺害的屍體，聽說還是個別國的貴族呢！

「更可怕的是，在貴族的屍體被抬走之後，夜晚一到，那裡依然有求救聲傳出——」

里維斯面無表情地聽著安妮講鬼故事，安妮無聊地撇撇嘴，「拜託，你也稍微假裝一下被嚇到嘛！」

里維斯無奈地搖搖頭，「安妮，我已經是一個死人了，而妳是亡靈女巫，我們誰也不會被鬼故事嚇到的。妳是認為，那個貴族的屍體雖然離開了，但靈魂還在原地？」

安妮點了點頭，「伙計還跟我說，他們懷疑地底下埋著更多的屍體，不過我覺得這就是他們發揮想像力的結果，畢竟我也只感覺到一個怨靈。」

里維斯有點疑惑，「我還以為魂靈會跟著自己的屍體走。」

安妮搖搖頭，「如果他還沒有變成怨靈，靈確實會跟著屍體。現在這種情況，只能說明他附身的靈物並不在屍身上，可能還在那片荒地裡。

「嘿嘿，等天再黑一點，我們去挖一挖！」

看著安妮摩拳擦掌迫不及待的樣子，里維斯張了張嘴，最後還是把到嘴邊的話吞了下去，他只能說：「好，希望能有好收穫。」

雖然他也不知道挖出什麼對安妮來說是好收穫。

葡萄鎮郊外，皎潔的月光灑在黝黑的土地上，靜謐的夜被不斷傳來的泥土翻動聲破壞。

如果有人正巧在這時看到這裡的情形，一定會覺得自己見鬼了。

——幾隻白骨鬣狗飛快地挖刨著土地，一個渾身籠罩在巨大黑色斗篷裡的少女瞇起眼，細細嗅著空氣中的味道，指揮它們：「左邊一點，對，挖深一點。」

里維斯抱著劍，無奈地嘆了口氣。

他們溜出來的時候整個旅店的人都已經睡著了，希望這裡的怨靈不會節外生枝，他們來得及在所有人起身前回去。

安妮回頭對他抱怨：「他們不是說有求救聲嗎？我怎麼沒有聽見，難道我的小骷髏們動作太粗暴，把它嚇壞了？」

里維斯無奈，「也許是它已經撐不了多久了。」

「也有可能吧。」安妮嘀咕了一聲。

忽然，刨土的聲音中突然響起了「叮」的一聲，安妮立刻轉頭看過去，鬣狗們爭搶著把一枚金屬徽章遞到她面前。

安妮拿起來看了一眼，確信道：「怨靈就在這裡面，不過就像你說的，它確實已經快不行了，恐怕都沒辦法現身了。這個奇怪的金屬塊是什麼東西？」

「是家族的徽章。」里維斯看了一眼，想起自己帶在身邊的騎士團成員的徽章，如果有機會，他也想把他們的徽章送回家。

安妮點點頭，「這樣啊，我聽說貴族的家徽通常會請神職人員降下祝福，不過也是因為這樣，反而會更方便貴族成為怨靈。里維斯的騎士徽章也有嗎？那樣的話當初即使你沒有遇見我，或許也不會立刻消散，會變成附著在騎士徽章上的亡靈。」

里維斯苦笑一聲，「那也許我會變成一個只知道復仇的亡靈，這個徽章看起來跟吉斯無關。」

安妮把徽章舉起來，對著月光看了看，小聲評價：「好像是紫藤花，還挺漂亮的，難得有緣遇見了，就讓我們聽聽它最後的話吧？也讓我看看是哪位老朋友。」

安妮把魔力傳遞過去，她能感覺到一個乾涸的靈魂瘋狂汲取她的魔力，黯淡的徽章重新閃現光芒，青年痛苦的呼救聲傳來，「救救她、救救她——」

安妮挑了挑眉，看著緩緩在眼前浮現的身影——是黎明鎮時跟在格瑞雅公主身邊的那名貴族青年。

「是你啊。」安妮稍微有點意外，她困惑地按著太陽穴仔細思考，「你叫什麼來著？」

「凱文。」里維斯提醒她。

安妮一拍手，「啊，對！這都記住了，你可真厲害！」

里維斯無奈地搖搖頭，「記住每個有過一面之緣者的姓名，也是每個貴族的必備社交技能。」

「那當貴族可真辛苦。」安妮撇了撇嘴，小聲嘀咕，目光悲憫地看著凱文半透明的身影，「好久不見，你已經死了呀。」

月光下，幾乎透明的鬼魂表情木訥，還在一遍遍重複著：「救救她、救救她，無論是誰都好，請你們救救她。」

里維斯皺起眉頭，「他看起來已經沒辦法對話了，這是他殘存的執念？格瑞雅公主遇到危險了嗎？」

「誰知道呢。」安妮聳聳肩，抬手把他的鬼魂塞回徽章裡，隨手放進口袋，「把他放回徽章裡養一陣子說不定能恢復些記憶，目前看起來倒是沒什麼危害。」

里維斯盯著安妮。

安妮眨眨眼，立刻表態：「我可沒有說要幫他去救人，我答應了你不隨便多管閒事的，我只是先撿起來，怕他嚇到其他人。放到我這種專業人士身邊，總比扔在荒地裡好吧？」

里維斯繼續盯著她，目光沒有挪動。

安妮在他的視線裡堅持了兩秒，最後舉起手投降，「好吧，我承認我還打算偷偷打聽一下公主有沒有出事。你也不用那麼緊張，他死了至少五天了，說不定我們早就沒有多管閒事的機會了，我只是想知道這個故事的後續而已。」

里維斯總算收回目光，暫且算是被她的理由說服，「他還能回到冥界嗎？」

兩人走在回旅店的路上，安妮點點頭，「遇上我當然可以了，我是誰呀？我可是最——了不起的亡靈女巫，就算從冥界之門底下偷偷塞進去，我也能讓他重回冥界！」

里維斯被她故意誇張的說法逗笑了，他忍不住看向安妮的側臉，她此刻有點小得意，搖頭晃腦的，彷彿是一名無憂無慮的快樂小女巫。

不知道是不是因為從小生活環境的影響，安妮對死亡有種奇妙的豁達。她面對親人的離去也會悲傷，但很快就能從死別中振作起來，就好像她已經習慣了這種事。

里維斯忍不住問：「安妮，妳從小一直和梅斯特他們四個生活在一起嗎？」

安妮點點頭，「對啊，梅斯特他們四個一直待在黑塔裡陪著我，但一開始的時候，時不時還會有別人來看我。我那時還不懂事，只知道如果我表演一個很厲害的魔法，他們都會露出高興的表情，然後給我一些來自外界的小禮物。

「不過時不時也會傳來他們的死訊，梅斯特他們沒有特地告訴我這些，但也不會特地避諱我。所以那時候如果有人好久沒來看我了，我就會去問里安娜那個人是不是死了。

「大多數時候會得到肯定的答案。里安娜會抱著我流淚，然後重複著告訴我『安妮，凡生者，唯有死亡無法避免』。」

安妮說這個故事的時候並不悲傷，甚至和她講述小時候如何在黑塔附近偷偷抓青蛙的語氣是一樣的，但里維斯覺得自己已經死去的胸腔處，仍然燒起了一把火，他已經是一團死肉的心臟，確確實實地痛了起來。

里維斯好像突然意識到了什麼，他意識到自己長久以來的維護、認可和跟隨，並不是毫無來源的。

他靜靜看著安妮的側臉，然後在她回過頭的瞬間，不敢逾越般別開視線。他們伴著月光走到旅店前，整座小鎮都寂靜無聲。

安妮抬頭看了看月亮，忍不住放低聲音，「里維斯，好像整座小鎮都睡著了，只有我們從夢裡溜了出來。」

里維斯看著她，漂亮的藍眼睛彷彿有著與平時不同的光芒，他低聲笑著開口，語氣溫柔得像夜風，「一個亡靈和一名女巫。」

安妮似乎被這句沒頭沒腦的話逗笑了，她點點頭，「對。一個亡靈和一名女巫，在月光皎潔的夜晚溜出夢境，抓了一個怨靈回來。這樣的故事，跟騎士和公主溜出城堡的故事也沒什麼不一樣嘛，回頭要讓那個遊吟詩人寫一個這樣的故事！」

里維斯無奈地搖了搖頭，「這樣的故事，恐怕會變成用來恐嚇小孩睡覺的故事。如果妳不好好睡覺，女巫就會帶著亡靈來把妳抓走。」

安妮驚訝地瞪大了眼睛，「里維斯小時候是聽這樣的故事嗎？我小時候，里安娜是跟我說，如果我不乖乖聽話，聖光會的老頭就會把我抓走，架在火上烤。」

里維斯忽然覺得有些悲傷，他小時候聽的恐怖故事未必是真的，但安妮聽的這個卻不是故事，這是真實會發生的事情。

安妮繼續說：「烤得外表酥脆流油，內裡鮮嫩多汁，連骨頭都酥酥的。」

里維斯的悲傷僵在臉上，似乎後面有哪裡不太對。

安妮已經狡黠地笑了。

他們站在旅店的門口，像兩個不肯回家的貪玩鬼。他們漫無邊際地講起小時候的事，講起曾經的見聞，直到天際微微亮起，街邊有人撐起窗戶，他們才一躍身落回自己的陽臺。

安妮笑著朝里維斯擺擺手，蹦蹦跳跳地回到了房間，里維斯沉默地看著她的背影。

過了片刻，聽到樓下交談的聲音變多，安妮這才裝出剛剛起床的模樣，伸著懶腰走下樓，在人群中尋找皮卡的身影。

安妮朝他招了招手，「嘿，皮卡，有點事要問你！」

皮卡還咬著半個麵包，立刻一把塞進嘴裡，緊張地站起來看向安妮。

安妮笑道：「坐下吧，邊吃邊說。」

里維斯也在這個時候下樓，就坐到了他們身邊。

安妮神神祕祕地湊過去問：「你們對白塔國格瑞雅公主的情報有什麼了解嗎？她最近有沒有出什麼事？」

皮卡用力嚼著麵包，搖了搖頭，「她沒出什麼事，啊，倒是有一件大事。「她訂婚了，跟金獅帝國的貴族，獅心騎士團的副團長——吉斯．卡巴內。」

里維斯猛地站了起來。

安妮伸手拉住他，露出笑意不達眼底的冰冷笑容，接著問：「是嗎？那可真是……奇妙的命運。你知道白塔國一個叫凱文的貴族嗎？」

皮卡嚇了一跳，似乎從來沒見過里維斯這麼失態的樣子，他抓了抓頭，努力回想，「只是名字的話我實在想不起來……至少告訴我他的姓氏？」

里維斯似乎恢復冷靜，他提醒皮卡：「他的家徽是紫藤花紋樣的。」

安妮把那枚徽章放到他眼前，皮卡的眼神一瞬間有些呆滯。

安妮挑了挑眉，叫了他一聲：「皮卡？」

皮卡像是猛然驚醒般抬起頭，「咦？我，啊……這是威爾森的家徽，威爾森，威爾森的榮光早已不在……」

安妮瞇起眼，和里維斯飛快對視一眼。

——不對勁。

皮卡的表現明顯有些不對勁，安妮收起徽章，他的視線就好像黏在那枚徽章上，一路緊緊跟隨。

安妮挑了挑眉毛，故意拍了拍里維斯說：「好吧，那我們先上樓吧，既然沒什麼事做，我還想睡個回籠覺。」

里維斯沒有異議地點點頭，他也注意到了皮卡不同尋常的視線，但他更相信安妮有辦法處理。

安妮走到了三樓自己房間的門口，側身打開門時用餘光看了看樓下的皮卡——他依然緊緊盯著自己，確切地說，是緊緊盯著自己放著徽章的那個口袋，神情簡直就像是另一個人。

安妮隨手關上門，裝作粗心大意沒有落鎖，拿出那枚徽章上下翻飛著拋動一下，再次收進口袋裡，動作輕巧地鑽進了被窩。

沒過多久，她聽到門口有輕輕的腳步聲，有人緩緩推開她的門，安妮立刻閉上眼睛裝睡。

他的動作很輕，甚至都沒有呼吸，即使安妮聽力過人也沒辦法確認他此刻走到了哪裡。

安妮閉著眼睛耐心等待，幾個呼吸過後，她終於忍不住睜開眼，對著眼前動作僵硬，才剛剛把她的被子掀開一個角的「皮卡」說：「算了算了，還是直接問你打算幹什麼比較快。」

「皮卡」一愣，表情變得扭曲，他猛地伸出青筋暴起的雙手，想要扼住安妮的喉嚨。

「我也覺得。」里維斯剛從陽臺翻身進來，還沒落地，劍尖就已經先到了，重重拍開了「皮卡」的手。金髮飛揚彷彿裹挾著窗外的風，即使在做爬淑女陽臺這種事，他也動作俐落得像是從容又優雅的騎士，「有些時候我們根本沒必要演戲。」

無數骨手從虛空中伸出來，把褐髮騎士扣在刑架上，明顯不對勁的「皮卡」搖頭哀號，似乎有什麼東西想要從他身體裡離開。

「我只是想把事情變得有趣一點。」安妮小聲抗議，看向被束縛的「皮卡」，憐憫地搖了搖頭，「看樣子透過我的魔力恢復得不錯啊，不過也是真的沒什麼見識，居然敢在我面前附身。」

「皮卡」聞言不再掙扎，只是露出悲傷的表情，低聲哀求：「救救她、救救她……」

里維斯皺了皺眉，有些困惑地看向安妮，「他這副樣子，我們需要幫他驅邪嗎？讓怨靈先從他的身體裡出來？」

安妮搖搖頭，有些無可奈何地聳了聳肩，「驅除怨靈這種事還是聖光會更擅長，不然只能逼迫怨靈主動離開，或者直接殺死他的宿主，讓他不得不離開。不過一般來說怨靈可沒有那麼容易附身成功，除非他們身上有某種相似性，看來他們兩個確實很有緣啊。」

里維斯打量著皮卡，有些疑惑地皺起眉頭，「他和凱文的相似性……」

皮卡算是一名還不錯的騎士，但凱文的身手恐怕連勉勉強強都算不上。皮卡是被蒂亞王重用的年輕騎士，但似乎並不是貴族出身，凱文的家族他沒有聽說過，應該也算不上什麼大家族，難道是因為同樣並不尊貴的出身？但這也太廣泛了一點。

安妮想的卻是其他方面，當初他們在黎明鎮，假裝要抓格瑞雅公主的時候，這位弱小的青年貴族也是努力擋在公主身前。在臨海城和蒂亞王告別的時候，皮卡也格外關注蒂亞王的一舉一動。

安妮猛地拍手，「啊，我知道了！也許是因為他們同樣懷有，不能輕易說出口的愛慕？」

里維斯下意識握緊了劍。

他剛剛被安妮的眼神一看，差點心生動搖，以為自己的心思已經暴露了。安妮卻沒怎麼在意他的反應，眼睛亮亮地看向「皮卡」，或者說是皮卡身體裡的凱文，她問：「我們知道你想叫我們救格瑞雅，她怎麼了？」

「皮卡」神色迷茫，「她、她有危險……」

安妮無語了，里維斯無奈搖頭，「遇到了什麼危險？」

安妮忍不住抱怨一句：「這個人是不是腦子不太好啊，求救的時候也不把事情說清楚。好吧，我們再問得直接點，格瑞雅和吉斯・卡巴內已經訂婚了，你說的危險和他有關嗎？」

這個消息顯然是很大的刺激，安妮看見凱文虛幻的臉從皮卡身上浮現出來，他痛苦地抱著自己的腦袋，好像努力在混沌的意識中找回自己。

他用縹緲的聲音斷斷續續地說：「不、不！吉斯・卡巴內，他很危險、他很危險，格瑞雅不能嫁給這種男人！」

他越說越順，終於憑著這股怒氣找回自己的意識，有些茫然地看著眼前的女巫和亡靈，驚訝地瞪大雙眼，「是妳！亡靈女巫！妳怎麼會在這裡，不，我怎麼會在這裡？」

安妮無奈地搖了搖頭，「瞧瞧這個混亂的怨靈，他還沒想起來自己已經死了。」

凱文的表情有一瞬間的呆滯，很快他反應過來，「對，我已經死了……是吉斯，吉斯那個混蛋！是妳把我變成怨靈的？妳想做什麼，我是不會任妳擺布的，我也絕不會告訴妳格瑞雅的下落，妳這個該死的女巫！」

他大概是把之前安妮隨口說的要收集公主王子當亡靈驅使當真了，現在還認真防備著不讓別人從他嘴裡套出格瑞雅的消息。

安妮和里維斯對視一眼，忽然露出一個標準的邪惡微笑，「喔，是嗎？可是你變成怨靈沒有意識的時候，已經全都告訴我們了。況且，現在要找格瑞雅公主也不是什麼難事，誰都知道她剛跟吉斯訂婚，兩個人應該就在白塔國王都進行浪漫的約會吧？」

凱文臉上一閃而過一絲痛苦，「不，她被騙了，她……」

安妮撐著下巴，微笑著看他，「你或許可以考慮，和我這個邪惡的女巫合作？」

「不！」凱文下意識拒絕。

安妮故作驚訝地瞪大眼睛，「可是現在也許只有我能救他，畢竟其他人都沒辦法看見你。只要能救她不就好了，哪怕幫忙的是一名『該死的女巫』呢？」

凱文的表情晦暗不明，他慢慢從皮卡身上脫離，這個倒楣鬼還含糊不清地呻吟一聲，看樣子似乎在做什麼夢。

「妳別看我這樣，我也是威爾森家族的獨子，威爾森的榮光雖然已經不再，但當初我們也是白塔國有名的大貴族。我不能做出辱沒家族榮光的事。」凱文低聲說著，看起來像是在跟安妮強調，也像是在說服自己，但他痛苦地閉了閉眼，「但是格瑞雅……吉斯是一個騙子，他只是要利用格瑞雅奪取白塔國的王座！我不能眼睜睜看著格瑞雅……」

安妮撐著下巴看他，露出笑容，「你知道嗎？當死靈變成怨靈的時候，會逐漸忘記一切，只記得內心最深的執念。你一直祈求著『救救她』，可沒提到什麼威爾森的榮光。

「你其實知道，對你而言什麼才是真正重要的事情，對吧？」

凱文沉默下來，最後他深深嘆了一口氣，妥協般看向安妮，「妳說得對，我想救她。無論用什麼方法，哪怕要把靈魂出賣給亡靈女巫，我也希望……她能夠幸福地活下去。妳需要我付出怎樣的代價？」

安妮嘀咕了一句：「什麼代價……我就不能是個樂於助人的好女巫嗎？」

凱文一臉不信地看著她。

安妮翻了翻白眼，把他塞回那枚徽章裡，「你會付出沉重代價的，事成之後就等著壞心眼的女巫來找你討要吧！」

里維斯從剛剛開始就一直很沉默，提起吉斯，他還是不可抑制地握住劍柄。他低聲問：「要去白塔國嗎？」

安妮點點頭，「你有沒有想到那句預言──『反叛者加冕為王』，這件事和七大災相關，夠我們臨時改道了。而且，你好像很生氣。」

里維斯握緊劍，他漂亮的藍眼睛彷彿覆上一層陰霾，「我是在騎士團長大的，埋葬在永夜之森的騎士們，是我的屬下，也是我珍貴的朋友。我們一起接受訓練，一起執行任務，我們原本以為，我們都可以毫不猶豫地為對方獻出生命……所有人，包括吉斯。

「他向同伴揮劍的時候，有的人毫無防備，有的人即使能夠還擊也陷入猶豫，他把同伴的信任當作刀刃。我不能原諒他！

「……抱歉，我沒有想起什麼七大災，也許我已經被復仇沖昏了頭腦。」

安妮伸手拍了拍他的額頭，里維斯愣了愣，反應過來這是安妮哭泣的時候，自己對她做的事。

里維斯苦笑一聲，「謝謝，雖然我沒有哭泣，但我現在感覺冷靜多了。」

「好的，那現在輪到我了。」安妮歪了歪頭探過去。

「妳怎麼了？」里維斯有些無奈，不知道她怎麼也需要安慰了。但他還是配合地伸出手，溫柔地拍了拍她的額頭。

安妮看向窗外，「我只是覺得事情真的……如此巧合，簡直要讓人懷疑一切都在命運的安排之中。你說這時候我們前往白塔國，會不會也是命運神注視之下的，七大災的會面呢？」

里維斯沉默著，溫柔地用手指劃過她的長髮，「至少我會陪妳一起面對，妳永遠擁有我的靈魂，我的力量，我的……忠誠。」

——還有我難以說出口的愛慕。

Getaway Guide for Necromancer

CHAPTER 5

【改道】

皮卡醒來的時候，發現自己居然在安妮的房間裡。察覺到他醒來，屋內的兩人都轉過身看他。

皮卡還有些茫然，他覺得自己身上有點涼颼颼的，有種說不出的陰冷，簡直想去火爐邊烤一烤。

他奇怪地搓了搓自己的手臂，努力回想自己來到這裡的原因，卻一點印象都沒有。在他的記憶裡，自己明明應該還在樓下吃麵包！

抱著腦袋，皮卡苦惱地問：「我、我這是……」

安妮沒有解釋太多，只是笑了笑，「皮卡，我們得要跟你告別了。」

「啊？」皮卡震驚地瞪大了眼，立刻把自己怎麼會在這裡這件事拋諸腦後。

他著急地往前一步，「這裡距離金獅帝國還有一定距離，我答應了蒂亞王要把你們安全送到金獅帝國境內……」

安妮露出笑容，「現在計畫有變，我們要臨時改道，不去金獅帝國了。」

皮卡皺起眉頭看了他們片刻，執著地說：「但把你們安全送達金獅帝國是我的承諾，我不能就這麼讓你們離開，至少讓我派人問問蒂亞王……」

里維斯沉下臉，「我們沒有那麼多時間。」

皮卡也毫不退讓，褐色的眼睛裡滿是倔強，「請不要小看我對任務的執著！」

眼看著兩人針鋒相對，安妮伸手拉住里維斯，朝他眨了眨眼。安妮對著皮卡露出笑容，「沒想到你這麼忠心，好吧，那也只能跟你說實話了。這是我們跟蒂亞王說好了的，表面上讓所有人都以為我們要去金獅帝國，這樣想要對付我們的人就會在前往金獅帝國的路上埋伏。

「實際上我們去的是其他地方，對方只會撲空，這是一個陷阱。這原本是個機密的計畫，看在你是蒂亞王如此信任的騎士的份上，我才破例告訴你的。」

皮卡聽得有些頭昏腦脹，他抓了抓頭，似乎還有點不好意思，「啊，我是被信任的騎士嗎？」

安妮笑容加深，「當然啦，你不記得蒂亞王送我們走的時候，還跟我說『無論什麼事都可以找你』嗎？這就是信任的表現啊，你不會壞她的事，讓她失望的對吧？」

皮卡傻笑著抓了抓頭，「這、這樣啊……啊，不過我還是會派人去詢問陛下的，如果您騙我的話……」

安妮裝作受傷地捂住心口，「我怎麼會騙你呢！」

皮卡站起來，「那麼請二位稍等，我派人回去詢問，順便替兩位安排馬匹。」

安妮目送著他走出房間，得意地朝里維斯挑了挑眉毛，「看看，我現在有沒有一點蠱惑人心的女巫模樣？」

「沒有。」里維斯矢口否認，隨後不明顯地笑了笑，「倒是像個很會胡說八道的小壞蛋。」

另一邊，走出房間的皮卡收斂了飄飄然的表情，他鄭重地盯著那扇門，最後轉身回到自己房間，小心地取出一份卷軸。

他沒有猶豫，使用這份珍貴的聯絡卷軸，將安妮和里維斯要臨時改道的消息傳給蒂亞王。

沒過多久，他就收到了蒂亞王的回信。

我知道了，這確實是我們之前聊好的事情，你不必擔心，替他們安排出行就好了。好孩子，你的謹慎讓我讚嘆，記得不要把這個消息傳給其他人。

皮卡總算鬆了一口氣，他露出真心的笑容，為自己得到蒂亞王的讚賞而雀躍不已。

清了清喉嚨壓下心中的興奮，他走出房間，吩咐下去讓手下幫忙準備出行的乾糧和馬匹。

安妮和里維斯當天就動身了。

雖然安妮是覺得傳送更方便，但現在他們是沒有晴海部族官方勢力庇護的野生亡靈法師，如果被聖光會遇見，可能反而會耽誤時間。幸好皮卡替他們準備的這幾匹馬，具有一定的魔獸血統，速度很快，日夜兼程，不出兩天他們就能到達白塔國邊界。

在趕往白塔國的路上，他們向凱文了解了情況。

白塔國原本有一位王子和一位公主，就在不久前，王子殿下外出打獵的時候，被發狂的魔獸襲擊，到現在都還在昏迷，據說已經撐不了幾天了。聽聞愛子出事，王后也一病不起，老國王雖然勉強撐著，但據說身體狀況也不怎麼好。

凱文無奈地嘆氣，「原本繼承王位這種事，是跟格瑞雅公主無關的。她甚至都不在國內長住，白塔國信奉光明神，而公主作為王室虔誠的證明，正在進行旅行，要親自前往大陸上每一座聖光教堂，為白塔國祈福。

「誰能想到王子殿下出了意外，公主意外成了第一順位繼承人，只能匆匆趕回王都。這個消息，就是金獅帝國的吉斯帶來給我們的，他也是國王為格瑞雅公主選定的結婚對象。」

里維斯緊緊抿著唇，聲音低沉地說道：「吉斯．卡巴內，卡巴內家信奉光明神，對同樣信奉光明神的白塔國來說，是一名合適的結婚對象。」

凱文在說起這件事的時候顯得格外苦悶，他撇了撇嘴，「是的，也許這也是老國王選擇他的原因。他們在來信中說，要儘快為公主訂婚，定下王國將來的繼承人，才不會讓臣民不安。」

「這樣的傢伙做了女王的丈夫才會讓人不安吧。」安妮小聲嘀咕了一句。

里維斯微微點頭，「他確實沒有成為一國親王的資格。」

凱文奇怪地看著他們，「咦，你們也知道他？啊，也對，你是金獅帝國的第三王子嘛，你的意識恢復了？」

里維斯搖搖頭，「我並沒有失去意識，也不是被女巫操控，當初是我們一起演的戲，只是希望你們能幫我向金獅帝國傳遞消息。」

凱文愕然張大了嘴，他有些鬱悶地摸了摸自己透明的鼻子，「好吧，你們贏了，我們確實傻呼呼地幫你們傳遞了消息。」

里維斯稍微鬆了口氣，「多謝。另外，當初殺死我的人也不是安妮，而是吉斯，他背叛同伴，犯了不可饒恕的罪。」

「什麼！」

凱文憤怒地叫起來，「我就知道他不是個好人，您一定要指證他的罪行！」

里維斯看向他，目光冷漠，「但我現在是一名已死之人，多少人會相信我的話？他們只會說是亡靈女巫操縱我，汙衊一位正直的騎士。」

凱文悶悶地說：「也是，我現在也是一個亡靈。別人不一定會相信我的話……我得想其他方法救她。」

安妮問他：「你是怎麼看出吉斯不是好人的？他做了什麼嗎？」

凱文憤憤地揮舞著拳頭，「一開始他確實表現得像是真正的騎士，公主雖然知道自己突然有了婚約者非常為難，但也沒有辦法拒絕。我當然是很心痛，但也明白，憑藉現在威爾森家族的實力，我根本無法保護她，也沒辦法幫到她多少。

「或許是因為我對吉斯天然抱有惡意，所以也對他格外警惕，我總覺得他有些不對勁，有點虛偽，咳，所以我跟蹤了他。」

確認在場的兩人都沒有要在這點上指責他的意思，凱文這才接著往下說：「我發現他居然暗地裡跟命運神殿的聖劍騎士見面。這太奇怪了，他明明是信仰聖光會的，而命運神殿和聖光會關係也不算差，就算真的有什麼事，他們分明可以光明正大，偏偏要掩人耳目。」

「聖劍騎士？」

安妮覺得這個稱呼似乎比弗雷的「聖騎士」更厲害一點。

里維斯告訴她：「聖劍、聖槍、聖杯，是命運神殿地位最高的三大騎士，地位幾乎和教皇平起平坐。聖劍鎮壓反叛，聖槍裁決罪惡，聖杯承載意志。你有沒有聽見他們說了什麼？」

凱文點頭，「我聽見他們說什麼火龍復甦、王位、災難什麼的，我覺得肯定有古怪，我想去提醒公主殿下，想帶她直接趕回白塔國，親自向國王王后問清楚，但我被發現了。」

安妮猜到了後續，「然後你就被殺死了。」

凱文抓了抓頭，「那個聖劍騎士也太可怕了，只是一晃眼他就到了我眼前，我都沒來得及出聲。如果不是他在，吉斯好像也還沒發現我。」

安妮瞇起眼，「我差點忘了白塔國還有另一個七大災，沉睡的火龍要甦醒了嗎？」

里維斯皺起眉頭，「金獅帝國從未聽說這個消息。」

凱文苦惱地抓了抓頭髮，「這是機密，只有少部分王室高層才知道，啊，教會內部應該也知道。

「金獅帝國雖然和各個教會關係都不錯，但你們的王室沒有信仰，教會當然也不會特地告訴你們這些。這就更奇怪了，按理說吉斯不應該知道的，果然還是越想越奇怪。」

安妮學著命運神殿那副高深莫測的樣子說：「沒什麼好奇怪的，一切都是命運的安排。」

里維斯不知道在考慮些什麼，他抬起頭，忽然開口：「到白塔國的邊界了。」

凱文不可置信地扭過頭，「什麼，這裡、這裡居然已經是白塔國了？」

安妮好奇地問：「有什麼奇怪的嗎？」

凱文拔高了音調，「這簡直太奇怪了！白塔國整個國家都被白雪覆蓋，這裡居然沒有積雪，這裡真的是白塔國嗎？」

里維斯皺起眉頭，「氣溫上升，這應該也是火龍復甦的跡象。」

凱文的表情凝重起來，「之前還沒有這麼嚴重的……我們得找個人打聽情報，至少先搞清楚現在的國內形勢。」

安妮點點頭，「你有什麼好的人選嗎？」

凱文略有些躊躇，「要找一名地位不那麼高的人，我甚至不確定吉斯是怎麼跟公主說我的下落的，我們得先試探一下，確認王都知不知道我的死訊。您、您有辦法讓我看起來更像活人一點嗎？也許我可以假裝自己還活著。」

安妮苦惱地撐著下巴，「那樣需要一具屍體，最好是跟你很像的屍體，早知道我們應該把你的屍體偷出來，不，你已經死了那麼多天，說不定他們早就把你的屍身火化了。」

里維斯皺起眉頭思考，「或許我們可以用別的方式，你不要露面，只說利用了傳遞訊息的魔法，需要幫助。前提是這個人能夠分辨你的聲音，並且對你足夠信任。」

凱文考慮了片刻，重重點頭道：「我知道了。」

他們按照凱文的指引，來到了他的音樂老師兼好友梅根的家。

他是某個落魄小貴族出身，基本上和各類政治中心絕緣，但因為在音樂方面頗有天分，擔任了不少貴族家庭的音樂老師，能夠出入很多大貴族的宅邸。

凱文和他關係很好，算得上是無話不談的朋友。更重要的是，梅根不是光明神的信徒，也許對亡靈女巫沒有那麼排斥。

一行人悄悄溜進梅根的住所，安妮站在窗外，讓凱文的靈魂悄悄藏進窗戶的玻璃裡，接著施展一個振奮精神的魔法。

白塔國終年覆雪，最近的天氣卻一天一天地暖和了起來，許多貴族甚至都在趕製輕薄的衣衫，但梅根家並沒有這樣的排場，他只能儘可能地穿少一點。

午後微醺的暖風裡，梅根忍不住有點犯睏。

忽然他精神一振，茫然地看向家中，冥冥之中，他好像聽見了誰的呼喊。

「梅根、梅根——我是凱文！凱文．威爾森！」

梅根下意識地站起來，喜悅地說道：「喔，凱文，你去哪了，怎麼沒跟著公主一起回來！公主說教會另有安排，讓你去了其他地方，我可擔心了。」

「公主……」凱文差點脫口而出「公主不知道我死了嗎」，但他很快冷靜下來，深吸一口氣說：「聽我說，梅根，這是通訊魔法，我確實去了其他地方，現在也沒辦法來見你，但我需要你的幫助。」

「是教會的安排？」梅根下意識反問，然後挺直身體，「雖然我不是虔誠的教徒，但我們是朋友，別擔心凱文，你儘管開口吧。」

凱文沉默了一下，沒有去提醒他命運教會之類的事，他知道以梅根的身分根本沒辦法插手。他只是詢問自己想要知道的情報，「公主和那個……吉斯的情況如何了？」

他花了很大的力氣，才忍住沒有稱呼吉斯為「叛徒」。

「這是教會想要知道的，還是你想要知道的？」梅根忍不住調笑一句，「就在明天，加冕儀式就要進行了，國王會正式宣布格瑞雅公主和她的未婚夫，成為共同第一順位繼承人。

「說實話，這實在有些奇怪，我們都以為會是公主作為第一繼承人，而吉斯作為親王，擁有一定的治理權。就算吉斯出生尊貴，也同樣信奉光明神，這也太……也許不久之後，白塔國就會擁有雙王座了，女王和國王並存。」

梅根有些無奈地聳了聳肩，似乎也不太明白國王在想些什麼。

凱文顯然也相當不可置信，「他們、他們怎麼會那麼看重吉斯？」

「是相當看重。雖然那位騎士確實出生尊貴，禮儀外貌也無可挑剔，但我們的公主也相當尊貴啊！」梅根忍不住抱起了不平，「如果不是金獅帝國的第三王子里維斯出事，最合適前來聯姻的應該是他吧？

「那位傳聞中正直又俊美如神子的王子，就算不信仰光明神，也沒什麼關係吧？」

蹲在門外聽牆角的安妮忍不住露出奇怪的表情，回頭看一眼里維斯，小聲揶揄：「嘿，尊貴的王子殿下，這裡有一位你的信徒。」

里維斯略顯尷尬地轉過頭，小聲抗議：「安妮。」

「但他已經死了。」凱文忍不住打斷他，順便在心中補充一句，還是被吉斯殺死的。

他忽然渾身一顫，有了一個大膽的猜測，吉斯不會是從哪裡得到消息，知道公主要跟里維斯閣下聯姻才會對他出手的吧？

不，不對，公主需要聯姻是因為白塔國王子出事，但如果……連那位王子出事的背後也有吉斯的身影呢？

凱文已經感覺不到溫度的魂體忍不住顫抖起來，梅根奇怪地看著自己窗戶無風自動，走上前查看，猝不及防在窗戶玻璃裡，隱約看見一張毫無生氣的蒼白面孔。

「啊！」梅根驚恐地叫起來，他倒退了好幾步，一路碰倒了茶具，跌坐在地。

門外的僕人立刻詢問：「先生，出了什麼事？」

凱文一瞬間想要出手去扶他，直到從窗戶裡顯露出身形，這才反應過來自己現在是不能露面的狀態。他還以為自己暴露了，茫然無措地回頭看向安妮，安妮伸手捂住眼睛。

里維斯嘆了口氣，果斷地拉開窗戶，「冒昧打擾，我們有些事需要你的幫助。」

梅根其實根本看不見半空中漂浮的凱文，剛剛只是透過玻璃媒介看到一瞬間。

直到里維斯以目光示意，他才意識到自己繼續盯著玻璃也是看不出結果的，他的友人此刻似乎已經換了位置。

凱文這才反應過來，一般人是看不見鬼魂的，於是只能苦笑道：「拜託，相信我，梅根，我需要你的幫助。」

梅根苦惱地抓了抓自己的頭髮，最終選擇轉頭，語氣惱怒地對著門外說：

「別來吵我，我想不出新的曲子！」

門外僕人小聲說：「先生，我似乎聽見茶具打碎了，需要我進來收拾嗎？您要小心別受傷了。」

梅根不耐煩地開口：「我說了別來吵我，等一下再說！你們都離遠一點，別站在門口！」

門外沒了聲響。

梅根小心地拉開一點門，確認沒有不懂事的僕人在偷聽，這才鬆一口氣，緊張地回頭看向他們，不由自主壓低聲音，「您是里維斯閣下？恕我冒昧，凱文在哪裡呢？我明明聽見了他的聲音，但、但我剛剛在窗戶上看見他……」

里維斯並沒有立刻回答，他回身扶著安妮，讓她先從窗戶跨進去。

安妮朝梅根露出一個歉意的笑容，「失禮了，這位紳士。」

梅根有些摸不著頭緒，但還是下意識回禮，「不，我才是，我該先請兩位進來的。」

安妮一邊打量著屋內陳設，一邊走到他面前，朝他微微點頭，「請不要動。」

安妮將手覆在梅根的眼睛上，再拿開的時候，梅根看見了漂浮在半空中的凱文。

「凱文，你、你這是！」

梅根的淚水幾乎要奪眶而出，隨後他很快意識到，眼前的這名少女是可怕的亡靈女巫。

儘管他不信奉光明神，但亡靈法師凶名在外，他還是下意識退後幾步。

凱文攔在他和安妮之間，「別擔心，梅根，她不是那種……呃，好吧，我也不知道她是不是一名壞女巫，但是要付的所有代價會由我來付，你不用擔心。」

凱文似乎有很多話要說，他恨不得立刻前往聖光會求助，但他看了看自己好友苦澀的臉，還是重重嘆了一口氣坐下去，「剛剛我還以為外界傳聞是假的，里維斯王子其實並沒有死，沒想到，你們都成了亡靈。

「好吧，就讓我聽聽吧，老朋友，是什麼讓你寧願把靈魂出賣給女巫，也要回到這裡。」

「因為我是被吉斯害死的。」凱文相當開門見山，隨後看向里維斯，「他也是。」

「什麼！」

剛剛坐下去的梅根差點從椅子上跳起來，「他、他原來是一名這樣的小人！不行，公主殿下絕不能和這樣的人結婚……啊，但是、但是以我的身分，就算向國王進言，他也不會相信我的。而且在信仰光明神的白塔國，亡靈的話也不可能作為證言。」

凱文點了點頭，「是的，我明白。所以我並不需要你做什麼，我只是希望你能告訴我一些情報，我打算親自去尋找公主說清楚，至少不能讓她被蒙在鼓裡。」

梅根眼睛一亮，「你說得對，沒錯，這確實是最好的解決方法了。但是你們、你們一群不死生物打算在信仰光明神的王都亂晃嗎？是不是有些危險？」

「請不用擔心。」安妮露出笑容，反正梅斯特都說了，只要不是神降，她在菲特大陸可以橫著走。

「好吧，也許妳是一名有本事的女巫。」

梅根彆扭地嘀咕了一句，不安和安心同時出現在他心中，讓他露出有些詭異的表情，「公主殿下應該就在王宮裡，不，等等，這也並不能確定。她回來以後再也沒有露過面，各種宴會也找了理由推脫，有些貴族對此都有怨言。難道，公主不在王都內？」

「那個該死的叛徒不會也朝公主下手了吧！」凱文又驚又怒，整個魂體都震動起來，「我們得找到她，格瑞雅……」

里維斯和安妮對視一眼，安妮歪了歪頭，「直接進王宮找嗎？還是去把吉斯抓起來？」

「這也太危險了！」

梅根忍不住嘀咕，他認真考慮著公主回到王都之後的行程，「回到王都的時候，所有平民都見過公主，所以至少那時還沒有問題。對了，之後她召見了你姐姐！在那之後，她就沒有再出席任何一場宴會了，彷彿就這樣從大眾的視野中消失了……」

凱文擔憂地皺起眉頭，「我現在就去找我姐姐！」

「不如等明天吧。」

安妮露出笑容，讓凱文冷靜下來，「明天是加冕儀式，不管白塔國是不是要有雙王座了，公主都該露面吧？」

第二天正午，聖光會主持的加冕儀式按時進行。

為了防止引起騷亂，安妮捏著鼻子替自己來一次聖光術的洗禮。聖光術只對死靈有效，對身為活人的安妮反而沒什麼傷害，頂多只是在短時間內影響她對暗元素的感知力而已。

里維斯暫時留在梅根家，凱文也縮回徽章裡面，交給他保管，從梅根家的露臺也能遠遠看見加冕儀式的現場，他們一個怨靈一個亡靈，只能遠遠地觀看儀式進行。

梅根宣稱安妮是他的某個遠房親戚，安妮就光明正大地跟在他身邊，有資格一起在現場觀看這場儀式。

安妮有些不自在地拉了拉身上的白色裙子，蒂亞王送的服裝總算是派上了用場，只是這種渾身都沒有口袋的衣服……

安妮想念起了自己斗篷裡的諸多小口袋。

梅根小聲提醒她：「那邊是教會的人，我們站遠一些。」

安妮聽話地跟著他走了兩步，仰頭看著臺上準備進行儀式的國王王后。

身材高大的國王沉默地坐在王座上，即使在這樣盛大的日子也沒有露出一絲笑意，身旁坐著的王后倒是勉強擠出些許笑意，只是看起來同樣疲累。

只有民眾興高采烈，他們不管冰雪消融的奇異天氣，也不管王子還纏綿病榻，所有人只覺得這是個熱鬧的好日子。

聽完聖光會教皇囉囉嗦嗦的開場白，安妮耐著性子等待兩位主角登場。然而在萬眾期待中，從紅毯的盡頭，在騎士們的擁簇下走出來的，居然只有吉斯一個人。

安妮皺起眉頭，不動聲色地轉頭看了梅根一眼，雙方都從對方眼中看到一絲擔憂。

安妮眯起眼看那個名為「吉斯」的傢伙，當初在永夜之森她曾經見過他一面，不過那時候他渾身包裹在盔甲裡，也看不出長相，這次還是第一次真正意義上的會面。

他也有一頭金色的頭髮，微微捲曲，就外型來說確實還算英俊，只是安妮看著他嘴角志得意滿的笑容，怎麼都覺得不順眼。

安妮嘆了口氣，「看樣子公主不會出現了。」

梅根也愁眉苦臉地嘆氣。

格瑞雅公主沒有出席加冕儀式，國王震怒，就連教會人員也顯得十分不高興。

這顯然需要一個合理的解釋，安妮看向了吉斯，不知道他打算怎麼說。

吉斯微微嘆氣，露出悲傷的神色，「公主還沒有做好繼承王位的準備，她說想要自己冷靜片刻。請不要責怪她，一名無憂無慮的少女突然要承擔這樣的責任，無論如何都會惶恐不安的，更何況她親愛的哥哥還在承受痛苦，她大概也是覺得不安。」

「哼！既然知道王子正痛苦著，身為國家的公主，她就更應該堅強起來，承擔國民的期望！」國王還沒說什麼，教皇率先冷哼一聲表示不滿。

身邊的民眾也低聲附和著竊竊私語起來。

表面看來，他似乎在為公主開脫，但好像造成了反效果。

安妮好奇地觀察一圈義憤填膺的民眾，低聲問梅根：「在白塔國，教皇的地位也很尊貴嗎？」

梅根點點頭，確認沒人注意到他們後，這才回答：「是的，教皇的地位相當於大貴族，或者更加尊貴。有些時候，即使國王也不會反駁教皇，因為教會在白塔國擁有人數眾多的信眾。」

安妮點了點頭，教皇安撫了民眾，示意身邊的神官將公主的王冠撤下去，只留下給吉斯的。

眼看教皇伸出手要去拿那個王冠，安妮忽然勾了勾嘴角，露出一個壞心眼的笑容，在所有人都沒注意到的王冠底下，突然飛快地伸出一小節骨手，把王冠一頂，險險地從托盤邊緣落了下去。

在所有人的驚呼裡，吉斯身後的一位騎士突然上前一步接住了王冠，安妮正要再接再厲，卻忽然看清楚那個騎士的面孔。

——是張熟悉的臉，那是弗雷，卡利安，小玫瑰的哥哥。

他不是命運神殿的騎士嗎？怎麼會出現在這裡？

安妮收手，看著吉斯身後穿著獅心騎士團盔甲的騎士們，突然有了一個猜測。這些獅心騎士，或許是命運騎士假扮的。

安妮收了手，沒再胡鬧，她轉頭看向梅根，「走吧，今天見不到我們想見的人了。」

梅根沉重地點頭，和她一起離開。

再次和里維斯、凱文會合後，凱文得知公主連加冕儀式都沒有出席，已經急得像熱鍋上的螞蟻，他飄忽的魂體在空中亂晃。

「格瑞雅她不會真的出事了吧？這個笨蛋，我不見了，她就該有所察覺的啊！怎麼會……」

「冷靜點。」里維斯看了他一眼，「梅根說公主消失前見過你姐姐，這是我們目前唯一的突破口了。」

「對對，我們現在就去！」凱文恨不得立刻衝出去。

安妮有些無奈，「現在大部分的人都還在加冕儀式的現場，等等還有舞會什麼的，再怎樣也得等晚上了，耐心一點。對了，里維斯，吉斯跟命運神殿的關係應該相當親密，我看到他身邊的獅心騎士是命運騎士假冒的。」

里維斯猛地皺起眉頭，「命運神殿在金獅帝國勢力並不大，他到底是什麼時候……」

安妮搖了搖頭，只是看向遠處，「真是哪裡都有命運的影子。」

夜幕降臨。

博格達子爵夫人脫下累贅的裙裝，坐在自己的梳妝鏡前，看著鏡子裡的自己，鏡中的貴婦人臉上難掩愁苦之色，顯得十分憂鬱，她忍不住嘆了口氣。

她的丈夫還在舞會上，她藉口身體不舒服提前躲回來，實際上她實在沒辦法放下心來。

——白塔國現在正身處漩渦之中。

子爵夫人無意識地捏著手裡的梳子，眉頭緊皺，窗戶上忽然響起的敲擊聲讓她嚇了一跳，她猛地站起來轉頭，「誰？」

「姐姐。」

她似乎聽見一個熟悉的聲音，這讓她遲疑著停下動作，沒有立刻把僕人喊進來。

一名穿著寬大黑色斗篷的少女，如同一陣風一般飄進來，她微笑一下，然後將手附在子爵夫人的眼睛上。

接著子爵夫人就看見自己弟弟的……鬼魂。

她差點昏過去，還是安妮伸手扶住她，讓她坐在椅子上。

子爵夫人的淚水奪眶而出，「凱文，你……」

凱文深深地嘆了一口氣，「姐姐，我很抱歉，但現在情況緊急，妳知道公主的下落嗎？為什麼她沒有出席今天的加冕儀式？」

博格達子爵夫人慌亂地拿起手帕擦乾淚水，一邊努力理順自己的思緒，「公主、公主確實很久沒有出現了，但她應該還在王宮裡，不然國王和王后也會覺得不對啊。」

凱文往前一步，「不，姐姐，妳再仔細想想，公主回來之後見過的人只有妳，她那時候有沒有什麼不對勁？」

「不對勁？」

博格達子爵夫人努力回想了一下，「是、是的，那時候的公主很不對勁！她召見我是為了詢問你有沒有回家，我也很奇怪，你明明是跟著她一起出去的。但她知道這個答案後，告訴我是教會給了你另外的安排，我也就沒有多問。

「那時候公主跟我說起了火龍復甦的事情，她說她必須前去查看，我勸她這麼危險的事該讓戰士們前去，但她似乎、似乎異常自信，我不知道怎麼形容那種狀態，這和她平常很不一樣。

「公主跟我侃侃而談，說起遙遠的先輩，她說火龍由她的先輩冰原女王亞莉克希亞封印，她繼承了女王的血統，她也一定能做到，讓那頭該死的巨龍離開白塔國。」

「這不可能！」凱文下意識否認，他傻在了原地，「公主不可能會說這樣的話。」

就連安妮也歪了歪頭，「我雖然只跟公主見過幾次面，但我也覺得，她不像是會說這種話的人。」

博格達子爵夫人用力點了點頭，「我也這麼覺得，公主簡直就像是被什麼人蠱惑了，我甚至悄悄求助了聖光會的神官，但他們都說我多心了。我多希望當時你能回來，只有你能知道發生了什麼事，凱文，這到底是……」

凱文面露苦澀，「我也不知道，我已經死去了，姐姐。妳只要記住一件事，不要相信吉斯，如果有機會，一定阻止他操控白塔國！」

博格達子爵夫人已經站了起來，她有些不安地看著凱文和那個少女匆匆離開房間，「等等，你們要去哪裡！」

凱文沉默地向她道別。

安妮從陽臺上翻身落下，里維斯伸手扶了她一把。

凱文深吸一口氣，「現在已經很確定了，公主一定是去了火龍封印地。」

沒有多話，由他指路，幾個人趁著夜色踏上了道路。

在前往火龍封印地的途中，凱文不斷胡思亂想著，安妮瞥了他一眼，「你要不要說點什麼？哪怕講講你們之間的故事。」

凱文看了她一眼，忽然明白了她的意思，說點什麼也許會鎮定一些。他點點頭，開口就是：「……格瑞雅不是那樣的人。

「她是一名溫柔善良，甚至有些自卑的女孩，她不會丟下一切不管，自負地前往火龍封印地的，她身上一定是出了什麼問題。

「白塔國的王族是冰原女王的後代，大多數都擁有卓絕的魔法天賦，只有公主對外宣稱毫無天賦。實際上她有的，只是她是對暗元素格外親近。」

安妮突然想起之前在黎明鎮見到公主的時候，她能夠看見一般人看不見的怨靈，讚許地點點頭，「她確實很有天賦。」

凱文繃著臉，「但這樣的天賦，在信奉光明神的白塔國看來，簡直就是惡魔之女。她幾乎都待在教會，這並不是如同外界所說的表示王室的虔誠，這是……贖罪。

「他們認為她與生俱來就有罪孽。」

Getaway Guide for Necromancer

CHAPTER 6

【瘋狂的計畫】

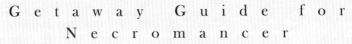

安妮眨了眨眼，有一瞬間的感同身受，但她又覺得她們不太一樣。就算在俗世眼裡她是一名邪惡的女巫，但在她年幼的時候，她依然是在所有人的愛護下長大的。

格瑞雅或許與她完全相反，即使在世人眼中她是一名尊貴的公主，但在教會、在王室知道這個祕辛的其他人眼中，她卻是帶有罪孽的。

里維斯垂下眼，「如果是這樣，雙王座也就不難理解了。國王和王后的態度暫且不論，王都的聖光會高層應該會極力阻止一位親近暗元素的公主成為女王吧。」

安妮點點頭，「就算不考慮宗教意義方面，他們從前應該並不尊敬這位公主，也擔心一旦她掌權會進行報復吧。」

「但格瑞雅絕不是這樣的人，她從沒有憎恨任何人！」凱文不滿地抗議，悲傷地低下頭，「她不會得意忘形的，她甚至會覺得自己的高個子會給人添麻煩，明明高挑的少女也很不錯的！」

安妮笑著附和：「我也覺得身材高挑的少女很不錯。」

連里維斯也讚許地點點頭，「尤莉卡個子也很高，這讓她在練習格鬥的時候能夠占據很大的優勢。」

凱文驚喜地露出笑容，「對吧，你們兩個傢伙意外地很有品味啊！」

安妮轉頭看了看後方的王都，白塔國的建築大多避免使用白色，據說是為了防止人們在終年覆雪的白塔國迷失方向，所以特地用了鮮豔的色彩。

只有一座白塔，一座高聳入雲的白塔，如同一根潔白的天地支柱，看不見頂端。

先前身在王都還不明顯，此時離開之後，才發現這座建築實在是太高了。

安妮好奇地問：「這座白塔到底是什麼？我原本以為是法師塔，但這也太高了，簡直就像是巨人居住的塔。」

里維斯解釋道：「就跟金獅帝國有魔獅血統的傳聞一樣，白塔國也有冰原女王是雪山巨人族的傳聞，那座白塔，確實是她當年居住的法師塔。不過在當年這也是一種威懾，在環境惡劣的上古年代，冰原女王居住在白塔頂端，震懾著所有覬覦這片土地的人。」

凱文附和著點點頭，「沒錯，你對各國的歷史都很了解啊，不愧是傳聞裡那位完美的王子殿下。」

里維斯沉默地收下這句恭維。

安妮瞥了一眼凱文虛幻的臉，絞盡腦汁想著其他話題，努力讓自己顯得像個好奇寶寶，她問：「但是你們的傳聞裡，似乎和光明神沒有任何關係？白塔國為什麼會信奉光明神呢？」

凱文抓了抓頭，「信奉光明神似乎是之後的事了，但是聖光會也有說法。他們說當年冰原女王前去封印火龍，回來時踏著第一縷晨光，就像帶來希望的光本身。」

安妮客觀評價：「聽起來有點牽強。」

凱文也傻笑兩聲，「啊，不過大家都會喜歡這種故事嘛，勇氣、希望之類的。格瑞雅也說過，就算是虛假的故事，能給人希望和美好的信念，那麼就該世世代代地傳頌下去。」

里維斯忽然瞇了瞇眼，放緩了速度，「前面是雪山群。」

火龍就封印在白塔國北部的雪山群裡，凱文提起過，這裡的雪山即使是身經百戰的戰士也不敢隨意前往，沒人知道雪山的盡頭是什麼。

聽起來倒是跟無盡之海的描述很相似。

安妮順著他的目光看過去，或許是這裡的積雪經年累月太過誇張，明明更接近火龍的封印地，但大多數山體還是覆蓋著純白的雪。只是越遠離山體的地方雪就越稀薄，安妮看著眼前流過的小溪，皺起眉頭，「這是融化的雪水？」

凱文忍不住擔憂起來，「這、這會流到哪裡去？如果整座雪山都化掉的話……」

安妮眨眨眼，「你不是白塔國的人嗎？你不知道會流去哪裡？」

凱文為難地抓了抓頭。

里維斯皺起眉頭，「白塔國東部也有一小塊土地連著晴海，這裡的小溪有人工挖掘的痕跡，應該是有人特地把融化的雪水引流去了海岸。」

凱文眼睛一亮，「一定是格瑞雅做的，她一直很聰明！這樣就算雪山都融化，白塔國的王都也不會被大水淹沒了！」

「不。」里維斯沉默地搖搖頭，「河道挖得太淺了，如果所有雪山都融化……」

他沒有說完，但所有人都聽懂他的意思了。

凱文訥訥地說：「但、但這說明格瑞雅也已經盡力了對吧？她並不是像其他人說的那樣丟下一切，承擔不起責任，她在盡她自己的努力拯救這個國度！」

安妮抬起頭，看向遠處小小的黑點，「看到人了。他們好像在搬運什麼東西？」

里維斯的表情顯得有些難看，「是火藥和卷軸。」

「火藥！」凱文驚恐地叫起來，「在火龍面前使用火藥，他們打算做什麼？他們瘋了嗎？」

安妮停下腳步尋找著格瑞雅的身影，「我猜她在那個最大的帳篷裡，你們有其他猜測嗎？」

兩人都搖了搖頭。

安妮打了打響指，「好的，那我們就直接過去了。」

雪山旁最大的帳篷裡，格瑞雅正端坐在自己的位置上，翻看著一本古籍。忽然她抬起了頭，驚訝地看著帳篷內伸出骨手，還來不及叫人，她曾經在黎明鎮見過的那個古怪的亡靈女巫，就帶著金獅帝國的第三王子出現了。

格瑞雅保持著警覺站起來，但她還記得這位女巫驚人的力量，沒有貿然喊人，只是皺起眉頭。

「我記得您，安妮閣下，您到這裡來是為了什麼？」

安妮臉色古怪地盯著格瑞雅，又側頭看了看身邊虛幻的凱文，最後又回頭歪著腦袋看她。

「妳身上有很濃的光明氣息。」

而且她居然看不見凱文的亡靈了。

格瑞雅將手放在胸口，虔誠地閉上雙眼，「這是當然的，因為我是虔誠的光明神信徒。」

安妮打量著她，她確實和之前有些不同，不只是神態自信沉著，就連衣著裝扮都華麗了不少，尤其是她額間璀璨的額飾，即使不在陽光的照耀下也閃爍著光芒。

安妮挑了挑眉毛，和里維斯對視一眼，沒有立刻提及凱文的事情，「我聽說白塔國的王位更替，所以來提醒妳一些事情，與吉斯有關。」

她沒有立刻拋出自己知道的籌碼，打算稍微試探一下公主。

「吉斯……他原本是金獅帝國的騎士，啊！」格瑞雅公主似乎想起了什麼，目光溫和地看向里維斯，「我已經向金獅帝國傳遞消息了，請不用擔心。」

「多謝妳。」里維斯真誠地道謝。

「咦？你有自己的意識了？」格瑞雅公主有些吃驚。

安妮裝作好奇地四處打量，「咳，還是先說我們的消息吧，尊敬的公主，吉斯是就是金獅帝國的叛徒，白塔國如果落入他的手裡……我建議您還是應該回國內多露面，畢竟政治方面的那些社交也很重要，就目前而言，您的風評似乎已經受到了很大的損害。不知道您在這裡到底是在做什麼呢？」

格瑞雅聽到這個消息顯然十分吃驚，她搖晃了一下，最後還是抿了抿唇，「……我明白了，之後我會仔細確認的。但是現在，我有更重要的事要做。」

凱文急得團團轉，安妮卻示意他暫時不要出聲，她想先搞清楚這位公主身上到底出了什麼事。

格瑞雅的目光越過帳篷，看向帳篷外的雪山，目光忍不住染上一絲狂熱，「這是一個瘋狂的計畫，我打算利用火龍。」

安妮露出笑容，「聽起來就是一個了不起的計畫。」

格瑞雅低下頭看著自己的雙手，「您或許不知道，安妮閣下，我的祖先，是了不起的大魔法師——冰原女王亞莉克希亞。」

安妮其實知道，但她不打算插嘴，想聽聽這位公主要說些什麼。

「你們前來的時候，看到白塔國王都的景象了嗎？那是白塔國難得一見的春日，多麼美好啊。」格瑞雅的眼裡閃爍著光。

「白塔國的居民們，並不是喜歡雪地才選擇生活在這麼嚴酷的環境裡的。在遙遠的過去，我們為了遠離紛爭，才不得不一路北上，尋找可以定居的地方。但即便如此，邪惡的火龍也不打算放過我們，它一路跟隨著我們，要將我們吞噬殆盡。

「迫於無奈，亞莉克希亞把牠引到傳聞中不能踏足的雪山群中，決定在大自然的加護下，與火龍決一死戰。她出發時曾說：『如果天亮之後我還沒有回來，你們就離開這裡，分散逃往各個國家，尋找庇護。如果我回來了，我們就在這裡駐紮，我能從火龍手下保護你們，就一定也能從這風雪中保護你們，這裡就是我們的家。』」

格瑞雅忍不住呼吸加重，她目光灼灼盯著安妮，「安妮閣下，我是她的後代，在這個時代與火龍做出了結，這是我的宿命。她是永遠守護國民的白塔，是這個國家的支柱和希望，我會繼承這一切！

「不僅如此，我還要讓火龍把白塔國的春天還回來，我要利用牠的復甦融化冰雪，現在還不夠，還要再熱一些……」

安妮挑了挑眉毛，「所以妳準備了那些火藥，打算添一把火？」

「是的。」格瑞雅用力點了點頭，露出勢在必得的微笑，「大量的火藥會驚醒火龍，也會讓牠受傷，牠會甦醒融化冰雪，然後我再用準備好的冰系魔法卷軸讓虛弱的火龍再次陷入沉睡！」

「這真是一個完美的計畫。」安妮露出微笑，忽然伸出蒼白的手扼住格瑞雅脆弱的喉嚨，順勢把她按在桌面上，居高臨下地看著她，目光憐憫又冷酷，「但是親愛的小公主，您該從白日夢裡醒來了。」

安妮伸手扯下那個璀璨的額飾。

「妳幹什麼！」

在安妮動手的一瞬間，凱文就憤怒地叫了起來，然而他根本沒有攻擊手段，只能徒勞地圍著安妮打轉。

「啊！」

摘下額飾的瞬間，格瑞雅公主發出一聲痛苦的喊叫，她茫然地握住安妮掐著她脖子的手，覺得自己過熱的腦袋好像一下子冷卻下來。

自己曾經做過的一切浮現在腦海裡，她突然地鬆開手，表情有一瞬間的空白，她目光空洞喃喃地說：「我做了什麼？我都做了什麼？」

安妮溫柔地拍了拍她的額頭，「妳只是做了一場惡夢。」

格瑞雅的臉頰劃過一滴淚水，「我怎麼會想去激怒火龍，我……」

她似乎還有很多話想說，但她太過疲憊了，撐不住襲來的疲倦和睡意，就以這樣一個彆扭的姿勢半倒在桌面上昏睡過去。

安妮鬆開了手，拋了拋那個璀璨的額飾，「這個東西，至少也是聖光會聖物級別的吧？」

凱文也冷靜了下來，碎碎念地抱怨：「妳是在幫她？真是的妳就不能溫柔一點嗎？喂，別就這樣把她扔在地上啊，好歹把她抱到床上！」

安妮受不了他的嘮叨，伸手去扶公主，忽然轉頭看了眼里維斯，「里維斯，幫個忙？」

里維斯有些尷尬地摸了摸鼻子，「我……貿然抱起其他淑女是相當失禮的行為。」

「好吧。」安妮暫且接受這個說法，無奈地把格瑞雅扶到椅子上，直起身的時候突然想到，里維斯好像不只一次把她抱起來過了。

她目光複雜地看向里維斯，凱文還在旁邊碎碎念：「再幫她蓋件被子啊！這麼冷的天氣！」

安妮嘆了口氣，只能照做，「好啦、好啦！她還得睡好一段時間呢！我們就暫且耐心地等她醒來吧。她應該是被施加了光明系的魔法『信念之光』，我之前在聖光教堂的卷軸裡看到過這個魔法。這原本是在戰爭前用來鼓舞士氣的魔法，會讓人即使赤手空拳也有面對敵人的勇氣，經過光明聖物的加持，她才會變成這副狂熱的模樣吧。」

里維斯看向安妮，「她會沉睡很久嗎？」

安妮點點頭，「畢竟精神受到很大的傷害，你應該很放心不下吉斯吧？」

里維斯沒有反駁，「我不知道他還打算做什麼，沒有注意到他的背叛是我的失職，我不能讓他禍亂其他人的國家。」

安妮苦惱地看著凱文，「公主醒來之後這裡肯定還有事要處理，凱文如果離開我的魔力供給也根本撐不了多久。你恐怕只能一個人過去了，沒問題吧？」

里維斯無奈地笑了笑，「安妮，別把我當成小孩子。倒是妳這裡，妳自己一個人沒問題嗎？那畢竟是火龍，是傳說中的生物。」

安妮雙手扠腰，「我也不是小孩子了，別擔心，我能處理的！如果牠實在太厲害，我就把牠老祖宗叫出來打牠屁股！」

里維斯知道她說的是那隻骨龍，忍不住笑道：「好，那很抱歉，我就暫時離開了。」

安妮揮了揮手，「路上小心，別忘了，腦袋裡想『安妮』我就能聽見，遇到危險隨時聯絡我！」

里維斯點了點頭，離開了帳篷。

凱文抱著手臂看著他們，忍不住撇了撇嘴，「你們連暫時分別一下都要告別那麼久嗎？」

安妮瞥了他一眼，他幽幽嘆了口氣，「至少等格瑞雅醒來，她應該就不會想著炸火龍了吧？」

安妮不怎麼樂觀，「就算是這樣，恐怕火龍也快要復甦了。來這裡之前，我沒想到火龍還有可能會引發洪水，看樣子得做點其他的準備。」

她在凱文詭異的目光裡，翻找自己的斗篷。

里維斯沉默地前往白塔國王宮。

早在加冕儀式的時候，他就已經想不管不顧地前去尋找吉斯報仇了，但他也明白，他得以還活著的人為優先。確認格瑞雅公主還活著後，里維斯終於按捺不住復仇的決心。

他知道加冕儀式過後，吉斯就要開始代理國王權利治國了，那傢伙幾乎已經可以被稱為這個國家的君王。但里維斯想起他在永夜之森揮動的劍刃，想起他離開時洋洋自得的語氣。

他握緊了手裡的劍。

里維斯翻過王宮的城牆，如同一個真正的亡靈，提著復仇的劍刃，直奔還亮著燈火的書房。

他推開書房的門，有些意外地發現桌後空無一人。

忽然有人拍了拍手，里維斯沉默著轉過頭，吉斯就站在書架之間，手裡還端了杯茶，看起來相當悠閒。

他微笑著看向里維斯，「讓我想想該怎麼稱呼你，尊敬的王子大人？還是我親愛的團長？啊，我忘了，這都是你活著時的榮光，你現在只是一個死去的亡靈，一個骯髒的不死生物。看樣子你跟亡靈女巫相處得還不錯？這可真是讓人心痛的自甘墮落。」

里維斯並未理會他的挑釁，他打量著站在吉斯身側，全副武裝的三個騎士，篤定地說：「看來你早有準備，你應該清楚自己不是我的對手，你確定他們能夠保護好你嗎？」

里維斯擺出進攻的架勢，吉斯臉上閃過一絲惱怒，他冷哼一聲，「哼，只會逞凶鬥勇的蠢貨，君王可用不著自己揮劍！」

「你在教我如何成為君王嗎？」里維斯已經奔跑起來，他的劍刃和第一個騎士相交，碰撞出金屬相擊聲，然後他在半空旋身，一腳踹開第二個騎士，借力撲向第三個騎士，把他撞向雜亂的書架。

「災難落下的時候，國王就要成為臣民的盾。戰爭發動的時候，國王就要為臣民揮劍，這才是君王的職責。」里維斯的目光沒有一絲憐憫。

即使是全身覆蓋著重甲的騎士也沒能止住里維斯的衝勢，他重重地撞到諸多書架，裝飾華美的宮殿內響起陣陣巨響。

吉斯嚇了一跳，手裡的茶杯落地，茶水飛濺，他咬著牙掩飾自己的失態，「你也只會嘴上逞強，你已經是一個死人了，一個失敗者，有什麼資格對我說教！你們還在幹什麼！」

他看向幾個騎士，但似乎也不敢太過頤氣指使。

里維斯看向他們，「你們不是獅心騎士團的人，命運神殿的騎士？」

「哈哈！」

撞翻書架的那個騎士哈哈大笑著站起來，並不怎麼在意地摘掉自己的頭部盔甲，露出一張有些粗獷的中年男性面孔，他看起來躍躍欲試。

「我早就聽說金獅帝國的獅心騎士團長是一個了不起的傢伙，原本我還想，那種靠臉聞名的小白臉會什麼劍術，嘿，你倒是不錯啊，小子。

「吾乃命運神殿聖劍騎士，奧米洛！」

另一個騎士似乎有點頭痛，「你這個喜歡自報家門的習慣，什麼時候能夠改改。」

「哈哈哈！」奧米洛大聲笑了起來，「你才剛成為聖槍騎士，弗雷，難道不想讓世人都知曉你的姓名嗎？」

——弗雷。

里維斯一下子就想起那名曾經放走他們的騎士，他沒有表現出熟悉的模樣，依然舉著劍刃，看向唯一沒有開口的那個騎士，「既然如此，你就是那位聖杯騎士了吧？」

短暫的交手中，里維斯也對這位聖杯騎士格外關注，他是這三個人中，唯一在假扮獅心騎士的時候，真正使用了騎士團劍法的。這讓里維斯沒辦法不注意，更不用說，他身上還有種奇怪的熟悉感。

聖劍騎士搖搖頭，「不用跟他搭話了，這個傢伙不會開口的，他一張口就是神諭。」

里維斯皺起眉頭。

聖劍騎士躍躍欲試，「喂，再來過兩招！」

里維斯閃過迎面而來的攻擊，想要繞過對方直接攻向吉斯，但一直沒有說話的聖杯騎士彷彿知曉他的想法一般，攔在他的必經之路上。

弗雷看向吉斯，「我建議您先從這裡離開。」

「什麼？我……」吉斯還想抗議，似乎不甘心，但聖杯騎士轉頭看了他一眼，他立刻噤聲不敢造次，乖乖地跟在其後撤退。

里維斯想要追上去，聖劍騎士看出里維斯的分心，攔在他前面，哈哈大笑道：「只要把我們都打倒，不就可以找他了嗎？不如來好好跟我打一場吧！」

「你說得對，我確實有些話要問他。」里維斯把目光挪到吉斯身上，「在我來找你之前，你可以先考慮一下答案，吉斯。」

吉斯停下腳步，死死地盯著他。

里維斯毫不客氣地跟奧米洛劍刃相撞，藍寶石一般的眼睛裡隱藏著怒火，「第一，騎士守則，你還記不記得？」

雙手持劍的奧米洛忽然鬆開一隻手，重重揮出一拳，里維斯反應絲毫不慢，伸手接住了他的拳頭。

「第二，你究竟是為了什麼，背叛了可以託付性命的同伴？

「第三，你與命運神殿、與命運神到底有怎樣的聯繫！」

「你有什麼資格……」吉斯眼中閃過憤怒，然後弗雷便並不溫柔地拉著他的後領離開。

「離開！」

注視著弗雷帶吉斯離開之後，一直沉默著的聖杯騎士忽然開口：「為了命運。」

里維斯的動作忽然停了下來，他不可置信地看向聖杯騎士。

奧米洛的表情也有些古怪，「你怎麼突然說話了？嚇我一跳！」

聖杯騎士在里維斯的目光之下，摘下頭部護甲。

「神給出的籌碼，是將你的命運嫁接給他。你或許不知道，里維斯，你是命中注定要成為王的人，吉斯殺死你，竊取了你的王者之運，才能勉強坐到白塔國的王位上。

「對大部分人來說，這都是一個值得背叛一切、相當令人心動的籌碼吧，還有什麼問題嗎？」

頭盔裡散落金色的長髮，露出一張俊美的面孔，他微笑著看向里維斯。

里維斯呆呆地看著他，不可置信地喊出那個名字——

「菲爾特……」

Getaway Guide for Necromancer

CHAPTER 7

【聖杯騎士】

格瑞雅公主清醒得比安妮想像中更早。

安妮以為她至少會睡上一整天，但這才過去幾個小時，她就捂著腦袋睜開眼睛。

安妮背著手歪頭看她，「不好好休息，會有相當嚴重的後遺症喔。」

公主眼前似乎還有些模糊，她看著安妮用力眨了眨眼，扶著額頭勉強擠出一點禮貌的笑意，「抱歉，但我實在沒有辦法安心休息。火龍是傳說中的生物，誰也不能確定那些火藥能不能讓牠受傷，那些冰系卷軸或許根本不會起作用！我當時到底是怎麼了？」

安妮點了點頭，沒有制止她，「妳只是被魔法誘導，妳已經清醒過來了，還來得及。」

公主朝她低下頭顱，真誠地道謝：「非常感謝您，如果白塔國能夠渡過這次危機，我會想盡一切方法報答您的。」

安妮伸了伸懶腰，「那我可真是萬分期待啦，到時候得準備好你們白塔國有名的美食才行啊。」

格瑞雅公主鬆了一口氣，走出去兩步，又回頭問她：「對了，安妮閣下，您說是受人所託為我傳信，那個人究竟是誰呢？如果有機會，我也想好好謝謝他。」

安妮微微轉頭，看了看飄在公主身邊半透明的凱文。看樣子聖光會聖物的影響還沒有完全消除，公主還是沒能看見他，凱文苦澀地笑了笑，緩緩搖了搖頭。

安妮沉默地看了他片刻，見他沒有改變想法的意思，只能轉回頭，斟酌著詞句說：「他是、他是一位愛慕您的騎士，出於某些原因，他不能出現在妳面前，但他希望您能獲得真正的幸福，所以拜託我來傳個信給您。」

凱文用力點了點頭，露出一個滿意的笑容。

格瑞雅似乎沒預料到這個答案，她臉上飛起兩片紅暈，有些害羞地低下頭，「我、我非常感謝他的好意，但是我恐怕沒有辦法回應。王室並沒有辦法自主決定婚約，而且我、我還在等一個人。如果能跟吉斯解除婚約的話，說不定……」

格瑞雅說得有些含糊不清，大概是因為安妮微笑看著她，也沒有催促，讓她覺得自己彷彿是在跟同齡女孩分享戀愛心事。

她抿了抿唇，鼓起勇氣抬起頭，將手放在胸口，真誠地說：「至少讓我也祝願他，能夠得到真正的幸福。」

凱文擺出一副哭臉，似乎不想被安妮看見，一轉頭鑽回了徽章裡。

安妮溫柔地看著她，「他會知道的。」

格瑞雅公主只當安妮承諾會幫忙轉達消息，微微露出笑容，帶著羞澀匆匆行禮。在走出帳篷前，她駐足看向遠方佇立的白塔，有些羞愧地笑了笑，「我也許一輩子也無法像先祖那麼偉大，但我也會盡我所能，白塔頂端的祖先英靈會一直注視著我們的。」

安妮看向那座白塔，若有所思，也許那裡面藏著傳聞中的冰原女王的屍身？

格瑞雅深吸一口氣，毫不猶豫地奔向還在搬運火藥和卷軸的人群，她要去阻止他們。

安妮看著她離開的背影，低聲問徽章：「你說她等的人，是不是你這個已經回不來的亡靈呢？」

徽章內傳來斷斷續續的哭聲，「嗚，妳給我閉嘴！」

安妮聳了聳肩，「我只是想確認你要不要見她一面，不見嗎？真的不見嗎？哇，哭得這麼可憐也不見嗎？」

「不見、不見！」凱文惡狠狠地拒絕，還態度十分惡劣地否認，「我也沒有哭！我現在特別開心，我覺得我都要被淨化了！」

安妮露出笑意，「好吧，那我們就去找里維斯吧，不知道他那裡怎麼……」

「轟！」

就在安妮轉身的瞬間，天地間忽然傳來一聲巨響，整片大地都在顫抖，無數骨手從虛空伸出來扶住安妮才沒有讓她倒下去，但她還是不得不痛苦地捂住耳朵。

這個時候亡靈反而不受影響，凱文慌張地從徽章裡鑽出來，手舞足蹈，嘴巴一張一合地說著什麼。但安妮耳朵裡嗡嗡作響，根本聽不清他在說什麼。

只不過看著他的手勢，安妮也大概明白凱文的意思，她踉蹌地扶著骨手往前走了幾步，試圖找到格瑞雅的身影。

雪山群中最大的那一座雪山上，積雪紛紛抖落，眼看著就要形成雪崩。搬運著火藥和卷軸的士兵們惶恐地奔跑起來，但不少人受到剛剛爆炸的波及，甚至都還來不及站起來。

安妮皺起眉，才剛剛抬手，天空中便傳來了一聲彷彿從遠古復甦的怒吼。

以那座雪山為中心，帶著硫磺氣味的熱風呼嘯而來，正在簌簌落下的雪塊被迅速融化蒸發，但很快又有更多的雪滾落下，投入沸騰的熱水中。

讓人牙酸的「滋滋」聲中，濃郁的水霧逐漸瀰漫籠罩，安妮瞇起眼，看見雪山的影子顫動著，一道漆黑的影子在一片霧氣中仰天咆哮。

——在末日一般的景象中，傳聞中的巨獸甦醒了。

「怎麼會，格瑞雅應該是去阻止他們的啊，怎麼會爆炸了！」凱文惶恐地盯著那道巨大的影子，只有靈魂的他比一般人更直接地感受到了這股威壓，忍不住顫抖起來，「那是……火龍……」

安妮瞇起眼，白骨像樹一樣從地底冒出來，把觸手可及的所有士兵往骨手的頂端扔上去，避免被沖下來的水流裹挾帶走。

「格瑞雅、格瑞雅！」凱文再顧不得掩藏身形，焦急地飄出去尋找格瑞雅的身影。

安妮臉色凝重地盯著那頭巨獸，動了動手指。

白塔國王都的王宮中，聖劍騎士已經倒在地上，喘著粗氣。他艱難地握住自己的重劍想要再次站起來，但最後還是頹然地倒在了地上，不甘心地從喉嚨裡擠出話來：「可惡，我居然……」

里維斯並沒有給他致命一擊，目光緊緊盯著菲爾特。

但菲爾特看起來並不想跟里維斯戰鬥，他只是躲避著，彷彿在拖延時間。

里維斯眸光冰冷，「菲爾特，你打算躲到什麼時候，告訴我原因！」

菲爾特聳了聳肩，語氣輕快得像是在和他敘舊，「我親愛的弟弟，你很久沒有回家看看了，不知道金獅帝國發生了什麼。父親和母親被魔獸襲擊，死在狩獵途中。

「好啦，你別那麼看著我，我承認這確實是一個很老套的理由，我們還在白塔國又用了一次，但有用不就行了，對嗎？

「原本吉斯是要成為金獅帝國之王的，但是稍微出了點意外，咳，或許是很多意外。幸好他也不是什麼挑剔的傢伙，成為白塔國的王似乎也可以。」

里維斯的心一寸寸地沉下去，他知道菲爾特不會在這種事上說謊，但還是下意識反駁：「什麼樣的魔獸能夠殺死父親？你明明知道他的狀態，他健康且強大，普通的魔獸他徒手就能撕碎，究竟是誰殺死了他！」

菲爾特注視著他，「是神明。

「是誰動手殺死他的，這種事根本沒有意義，里維斯，重要的是，是神明要殺死他的，神命不可違。」

里維斯握著劍的手不斷顫抖，他死死盯著菲爾特的臉，似乎想從兄長臉上看出一點恨意和痛苦，他幾乎是用痛苦的氣音問：「那你為什麼會跟隨這樣的神？」

「我別無選擇。你應該知道，聖杯承載神的意志，這不是什麼隱喻，這是字面意義上的。」菲爾特只是面無表情地回答，「神明選擇了我作為神降的容器，我並沒有拒絕的權力。」

里維斯無言地看著他，許久才像找回了自己的聲音一般說道：「金獅帝國和七大災的預言無關，神明為什麼要殺死我們？」

他忽然意識到了什麼，吉斯要想成為金獅帝國的王，殺死國王和王后是不夠的，他還要殺死全部的繼承人。

菲爾特被命運神當做神降的容器，而自己死在永夜之森，那格林呢？格林一定還活著！

還有尤莉卡……

菲爾特沒有立刻回答，他似有所感地抬起頭，看向雪山的方向。

巨大的爆炸聲裡，火光沖天而起。雪山群如同脆弱的雪堆開始消融，霧氣蒸騰中，火龍展開雙翼，快意呼喊著：「吼！」

菲爾特露出混合著篤定和悲憫的神情，「火龍甦醒了。」

里維斯停了下來，他也注意到天地間的異變，「洪水就要來了，王都會被洪水淹沒，菲爾特！」

菲爾特只是看著他。

里維斯緊緊盯著他，「命運神究竟想做什麼，他究竟是要抹殺七大災，還是製造七大災！」

菲爾特勾起一個嘲諷的笑容，「吾主命運神，祂是無盡歷史的見證者，既定命運的引路人。祂已經降下了預言，預言一定會實現。

「對了，這是作為哥哥的溫柔提醒，神明原本並不打算殺死那名女巫。畢竟作為七大災，她正好印證了預言，但她涉及了神的領域。沒有一個棋手，會容忍一顆棋子妄圖執掌棋局，你明白我的意思嗎？」

念頭紛雜間，里維斯深深看了兄長一眼，轉頭朝著王宮外走去。

菲爾特看著他，「你要去哪裡？」

里維斯緊緊握著劍，沒有回頭，「去通知民眾避難，去安妮身邊，去阻止火龍。

「——去阻止命運。」

他彷彿把所有的悲傷和憤怒在喉頭擠碎，用力留下這句話。

菲爾特沉默地看著里維斯離開，聖劍騎士發出呻吟，「你是不是說得太多了？」

菲爾特收回目光，「就當是他打贏你的獎賞，和我這個哥哥最後的私心吧。反正，也沒有誰能夠阻止神明，不是嗎？」

聖劍騎士艱難地爬起來，莊嚴而鄭重地點頭，「沒錯。」

他低聲吟誦教條：「一切都是命運的饋贈。」

此時天才蒙蒙亮，王都的居民們在睡夢中被巨大的爆炸聲驚醒，他們惶然看向窗外，只見一片氤氳霧氣裡巨大的黑影和席捲而來的洪水。

有人哭喊起來，遠處忽然傳來一聲少年奮力的呼喊：「到高處去，到高的地方去！」

有人很快反應過來，「白塔，去白塔！」

那座頂天立地的白塔是最好的避難處了。

「那裡只有王室才能進去……」

「管不了那麼多了，冰原女王的英靈會保護我們的，大家都去白塔！」

「天啊，這簡直是末日……願光明神庇佑！」

混亂的人群衝向白塔，即使是皇家衛兵也根本無法抵擋這樣的人數，更何況此刻他們自己都惶然不安。

國王沒有過多猶豫，很快下達了命令：「打開白塔的大門，讓所有人進去避難！」

王后沉默地站在他身邊，低聲說：「陛下，您也該去避難了。」

「不，我就在這裡看著，看著這個國家，最後到底會落到什麼結局。」年邁的國王勉力支撐著自己老邁的身體，他將顫抖的手放在窗臺上，不甘又悲愴地問，「我們到底做錯了什麼，為什麼要這樣對我的孩子，對我的國家，我們已經被神遺棄了嗎？」

王后已經泣不成聲，她只能緊緊牽著國王的手，靜靜站在他的身邊。

里維斯看了看已經有人維持秩序的人群，轉頭朝著洪水源頭奔跑而去，他在腦海中呼喊著「安妮」的名字，然後一閃而過，消失在夜色之中。

此刻較近處的雪山群已經完全看不出原來的模樣了，燒得通紅的山體讓它們看起來簡直就像是一座座火山。然而更遠處的雪山綿延不絕，它們不斷被融化成雪水，匯入河流，形成聲勢浩大的洪水。

格瑞雅咬著牙攀上山腰，她只有在這時候才會慶幸自己的長手長腳，這讓她能夠儘快攀上高處。

但即使這樣還是不夠，灼熱的山體再次晃動起來，格瑞雅看見火山口露出了一隻眼睛，一隻毫無感情的巨大豎瞳。

格瑞雅的眼淚幾乎奪眶而出，火龍醒來了，一切都來不及了。她徒勞地呼喊著：「回去，不要醒來，回去！」

然而甦醒的巨獸甚至沒有看她一眼，遮天蔽日的赤紅雙翼展開，山體崩碎間，牠肆意舒展著身軀。

所有人都聽見了火龍快意的呼喊：「亞莉克希亞，我醒來了，決鬥的日子到了，哈哈！」

格瑞雅再也無法抓住石塊，跟著崩碎的山體一起摔落，她絕望地想，這世界上再也沒有第二個亞莉克希亞了，沒有人能救這個國家了。但她還是不甘心地伸出手想要抓住什麼。

——安妮抓住了她的手。

她坐在揮動骨翼的亡靈鳥類身上，拉著格瑞雅暫時躲開了危險的火山口。

格瑞雅的眼睛又亮了起來，儘管她知道，安妮也不過是一個人類，但她還是不由自主地覺得自己抓住了希望。

安妮把格瑞雅放下，里維斯從傳送門內走出，兩人臉色凝重地看向遠處的火龍。

里維斯一眼看見安妮耳邊的血跡，下意識握緊了劍，「妳受傷了？」

「我沒事。」安妮不怎麼在意地伸手擦了擦，她盯著那頭巨龍，忍不住皺起了眉頭，「這個傢伙比我想像中更強大，有點麻煩。如果我召喚骨龍，那個已經失去理智的傢伙應該不會輸，但打贏之後恐怕整個王都的人也會被它用來填肚子。」

「或許還有另一種方法。」格瑞雅仰起頭，眼裡閃著光，「妳能召喚亞莉克希亞的亡靈嗎？召喚我的先祖。我知道這類魔法需要媒介，就在白塔頂層！那裡供奉著她的……」

「骨灰。」安妮替她把剩下的半句話說完了。

格瑞雅愣了愣，「妳怎麼會知道？」

安妮聳了聳肩，「在妳說什麼祖先會在白塔頂端看著你們的時候，我就猜到了。我想召喚冰原女王的亡靈也是個不錯的辦法，所以偷偷派骷髏參觀了一下你們的白塔，咳，那個骨灰盒我也暫時借用了一下。」

里維斯繃起臉，「安妮。」

安妮清了清喉嚨，「這是特殊時期！」

格瑞雅眼帶希冀地看著她，「那麼！」

安妮卻搖搖頭，「我原本只是打算召喚亞莉克希亞強化封印，有骨灰作為媒介，有血緣後代作為召喚者，把她亡靈召喚來的機率很大。

「但是格瑞雅，亡靈和活人是不一樣的。要獲得與生前一樣的力量，甚至是遠超生前的力量，需要一些特殊的東西。比如強烈到失去理智的怨恨，比如用來獻祭的靈魂和生命。」

「我、我知道。」格瑞雅眼裡閃現淚光，但她努力笑著，「安妮閣下，聖光會比一般人更了解亡靈法師，而我因為自身的特殊，也……悄悄尋找過不少亡靈法師的書籍。

「我明白召喚亡靈的本質是獻祭，也做好了獻出一切的準備。」

安妮動了動手指，她沒有流露出心疼，也沒有出聲勸慰，地面伸出一隻骨手，它手裡舉著一個古樸的盒子。

格瑞雅小心地將盒子捧起，她細細摩挲著盒子的表面，顫抖著聲音說：

「我準備好了，安妮閣下。」

安妮打量著格瑞雅，她身上華麗的裙子早已被灼熱的火山燙得不成樣子，裸露在外的嬌嫩肌膚也遍布可怕的燙傷，還有不少碎石崩裂飛濺造成的傷口。她此刻的模樣並不像一位尊貴的公主，卻像是無法連根拔起的野草一般堅韌。

安妮低聲問她：「妳要不要換一換裙子？我記得王族什麼的，好像特別在意這種體面。」

格瑞雅無奈地笑了笑，「現在並沒有這種時間了。」

「可以有的。」安妮抿了抿唇，「我能拖住火龍，讓妳換一身裙子的時間還是有的。」

「安妮。」格瑞雅似有所感地抬起頭，她反應了過來，「妳沒有阻止我，妳看得見我的靈。我明白了，即使我不獻祭，也快死了對吧。」

安妮抿著唇沒有回答，凱文說得對，她確實是一名很聰明的女孩。

「也對，我只是個普通人而已，這應該已經是致命傷了。」

她低頭看著自己身上的傷痕，似乎這才後知後覺感受到了疼痛，她終於忍不住低聲啜泣起來，「如果、如果可以，我多希望能夠擁有足以保護他人的力量，這都是我的錯，是我把火藥運到這裡來的。」

安妮否認道：「是聖光會的魔法。」

「不，不是的。」格瑞雅痛苦地閉上眼睛，「我沒辦法責怪他們，這是我自己藏在內心深處的想法。我想要變得有用，我想要能夠一個人力挽狂瀾，我也想成為這個國家的白塔。我想保護他們，我想救他們。

「至少在最後，在我的靈消散之前，在我的生命還有獻祭的價值之前，讓我帶來希望的光吧。」

她顫抖著哭泣，彷彿要把這輩子隱忍的淚水全部流乾。

「安妮，幫幫我吧，告訴我，我該怎麼做？」

安妮往前一步，格瑞雅只覺得周身的溫度一下子降低，冥界的幽寒附骨而來，她很快就忍不住顫抖起來。

安妮溫柔地看著她，「妳只需要呼喚她，訴說她曾經的榮光，呼喊她的名字，無論多麼困難也不要停下來，可以嗎？」

格瑞雅用力點頭，她忍受著寒冷，打開那個盒子，低下頭，虔誠地呼喚：

「偉大的白塔國女王，雪山與冰原的守護者，封印火龍的傳奇冰系大魔導師，永遠駐立、永遠保衛這片土地的白塔，我的先祖亞莉克希亞．懷特，我祈求您歸來，再次為您的國民而戰，我祈求您——」

那扇冥界的大門隱隱浮現，格瑞雅只覺得自己的血液，自己僅剩的生命力，自己的一切都在被飛速抽走。

安妮卻皺起眉頭，那扇大門打開的速度太慢了。

畢竟是上古時代的亡靈了，要讓她現身，或許以一個即將消散的靈魂作為祭品還不夠。

她沉默地伸出手，用一把銀質的小刀劃破自己的手腕，湧出的血液在落地之前，就被瘋狂拉扯著吸入冥界之門。

「安妮！」里維斯看見她的肌膚上再次攀上未知的黑色符文，忍不住低聲驚呼。

安妮露出笑容，「別擔心，我只是幫獻祭加點籌碼，頂多之後要多睡一下而已。」

白塔內，在衛兵的引領下，前面的平民們一層層地朝高處前進，而後面還有更多的平民湧入白塔。

身處冰原女王的安眠之所，他們奇異地感到了安心。

忽然有人聽見一聲：「您的子民祈求您的庇佑，偉大的冰原女王亞莉克希亞！」

在這樣的氣氛下，很快有人跟著祈禱起來，沒有人注意到牆壁上一閃而過的虛幻魂靈，這個已經死去的亡靈穿牆而過，用盡自己最快的速度從王都上空飄過，奮力大聲呼喊著：「您的子民祈求您的庇護，偉大的冰原女王亞莉克希亞！」

他引起一陣又一陣的祈禱聲，人們虔誠地閉上雙眼，聲音慢慢匯聚在一起。

沸騰的火山腳下，安妮轉頭看著王都，那裡的祈禱聲和這裡的召喚陣產生奇妙的共鳴，一個虔誠的靈魂、亡靈女巫的鮮血，以及千萬人的祈禱之力匯聚在一起，讓冥界之門迅速凝實，上古時代的亡靈終於被喚醒，她帶著呼嘯的冰雪飄然而至。

與此同時，格瑞雅的靈魂被拉扯著投入冥界之門。

她安詳地閉上眼睛，就在她和亞莉克希亞的亡靈擦身而過的時候，凱文自王都疾馳而來，他義無反顧地跟上她，躍入冥界之門。

「我會陪著妳的，請把我的一切也當做籌碼壓上吧。」

「凱文?」

格瑞雅瞪大眼睛,此刻,她終於看清那個亡靈的樣子。

凱文露出笑容,「是的,您的騎士永遠都在。」

Getaway Guide for Necromancer

CHAPTER 8

【神降】

安妮目送他們消失，然後牽引著復甦而來的冰原女王亞莉克希亞，一步步走向格瑞雅的屍體。

「格瑞雅」再次睜開了眼睛，眼中似有無盡風霜。

她只是看了安妮一眼，微微點了一下頭，就立刻裹挾著凌冽的霜風浮空而起，攔在似乎打算朝著王宮前進的火龍面前。

「亞莉克希亞！」火龍終於看見了她，牠仰頭噴出火焰，「妳終於來了，我叫了妳好久了，是不是年紀大了耳朵也不好了？哈哈哈！」

牠躍躍欲試地揮動翅膀，粗壯的尾巴興奮地敲了敲地面，立刻引發讓人恐慌的震動。

「我已經死了。」藉著格瑞雅身體活動的冰原女王簡短地回答，然後招手，無數被埋在山石底下的冰系卷軸漂浮而起，「我現在是一個亡靈。你該離開這裡，或者再睡一覺，否則我的國民全都會被你殺死的。」

「吼！那妳是從地獄歸來和我戰鬥的嗎？哈哈哈！」火龍似乎根本不在意人類的死亡，大概也並不能理解人類的感情，牠龐大的身軀自顧自地做好了戰鬥的準備，「他們本來早該成為我的口糧，是妳打贏我才救下他們，如果妳還想救他們一次，就得再打贏我一次！來吧，亞莉克希亞！」

安妮目光複雜地看著憑藉格瑞雅軀體重生的亞莉克希亞，她自嘲般低下頭，「里維斯，見到梅斯特的時候我一直想，為什麼他遇到危險的時候我不在，現在我知道，即使我在，我也沒辦法救下所有人。

「即使我已經擁有格瑞雅期望的力量，也沒辦法。」

里維斯伸手握住她的手，悲傷的藍眼睛看著她，「安妮，我也同樣無能為力。」

安妮回握他的手，垂下眼，「看來你那邊也出了不少事，好吧！」她忽然語氣積極地仰起頭，拉著他的手用力拍了拍自己的臉，「等解決完這件事，我要裹著里安娜的小斗篷用力哭一場！現在，先忍一忍！」

安妮像是在自言自語，里維斯卻莫名覺得她也在對自己說。雖然亡靈已經不會流淚了，但他還是微微動容，「……那麼，到時候麻煩分我一點小斗篷。」

洪水已經聲勢浩大地流向王都，但人們還沒有全部撤入白塔。

安妮微微笑著點頭，隨後仰頭看向和火龍對峙的冰原女王，「妳好女王，妳自己能對付這個大傢伙嗎？我可能得先去打撈一下妳的國民，不然等妳打完，他們可能都已經沉在水底了。」

亞莉克希亞的眼中醞釀著風暴，她微微點頭，側身擋在火龍之前，「我不會讓牠礙事的。」

「哈哈哈！」火龍哈哈大笑，牠猛地吐出一團火焰，徹底展開了遮天蔽日的雙翼，「要讓我不能礙事，妳得拿出點真本事來！」

「我早該放棄用語言說服你的，驕傲的火龍只向戰勝牠的人低頭。如果這次我折斷你的雙翼，拔下你的龍牙，你或許會睡得更久一點。」

亞莉克希亞微微搖頭，冰系卷軸們不斷散發著寒氣，她腳下浮現巨大的魔法陣，受到火龍影響的異常高溫冷卻下來，她腳下甚至再次浮現出積雪。

以她和火龍為界，一邊的大地重新覆上白雪，一邊的大地流淌著岩漿，火龍噴出帶著硫磺氣息的龍炎，毫不客氣地發動攻擊。

「哈哈哈，那妳就來試試吧！」

亞莉克希亞毫不畏懼，冰霜化作她的鎧甲，她伸手握住寒冰所製的長槍，迎著駭人的龍炎攻了上去。

安妮和里維斯坐著骨鳥飛掠進王都，洪水已經氣勢洶洶地衝了進來，安妮只能召喚出一排排的骨手，至少讓被水流沖走的人們有些什麼可以抓住。

還沒有進入白塔的人比她想像中更多，安妮努力讓自己的表情看起來沒那麼沉重，「至少托冰原女王的福，水溫已經降下來了，不然等我們把他們從水裡撈出來，可能都已經熟透了……能讓火龍直接擺盤上桌了。」

里維斯看著一片混亂的水面，抿了抿唇，「我沒有殺死吉斯。他已經是白塔國名義上的君主了，這些人是他的臣民，但這種時候他卻沒有出現。」

「你不該對他抱有期待。」安妮聳了聳肩，「就別指望背叛者會擁有責任心這種美好的品德了，我覺得他最好的結局還是去冥界懺悔。」

整座王都已經看不到地面，色彩鮮豔的建築統統泡進水裡，目前水深大概到了成年人的腰部，對部分孩子來說已經相當危險了。

里維斯有些擔憂，「骷髏沒辦法抵禦洪水，冰原女王和火龍的戰鬥一時半刻還分不出勝負，這樣下去……」

安妮皺起眉頭看向東邊，有些著急地嘀咕：「雪水還沒有衝進海裡嗎？」

里維斯忽然想到什麼，他看向安妮，「難道說……」

安妮朝他擠擠眼，「我可沒有自負到覺得我一個人就能救下他們，我找了幫手。」

忽然從遠方傳來海妖的歌聲，他們踏浪而來，甚至還推著幾艘載著亞獸人和人類的大船。

黑狼王約德站在一艘掛著狼頭標誌的大船上，興奮地朝她揮手，「哈！安妮大人，我們來幫忙了！是哪個不長眼的東西，居然敢跟我們偉大的主人作對！您不必出手，就讓我們……」

他話音未落，天空中傳來一聲龍嘯，巨大的火球和冰錐從天而降，安妮伸手，船的上空浮現漆黑的漩渦，將這些攻擊全部吞進去。

約德艱難地吞了吞口水，努力維持著自己沉著冷靜的首領形象，他揮揮手，「都別愣著，把水裡的人都撈上來！」

安妮忍不住笑了一聲。

海涅「嘩啦」一聲從水下撈起一個哇哇大哭的孩子，隨手拋上船，眼睛亮亮地看著安妮，「嘿，安妮，妳那個會飛？讓我也坐一坐！」

「不可以。」安妮無情地拒絕。

海涅就像得不到玩具的小朋友一樣，氣得用尾巴拍水，「為什麼！」

安妮板起臉，從斗篷裡掏出那顆神諭之珠，「如果你不先做完事，我就要跟老祭司告狀了！」

「小氣鬼！」海涅氣得甩尾，轉頭鑽入水裡。

冰原女王漸漸壓制住火龍，雪山上融化的雪水也逐漸變少，洪水的源頭被遏制了，接下來只要靜靜等待王都中的水流出去就可以了。

在這過程中，無處落腳的王都居民們在晴海部族的幫助下，暫且上了大船避難。

一切似乎都在朝好的方向發展，但安妮似有所感，忽然轉過了頭。

對面的屋頂上，不知何時出現一群人。

里維斯眼神微微閃爍，低聲提醒她：「命運神殿的三騎士，還有吉斯。」

安妮認得的只有弗雷，沒想到許久不見，他已經成為命運神殿的聖槍騎士。不過她體貼地裝作和他並不認識，露出笑容道：「啊，這不是那位壞心眼的背叛者吉斯嗎？你特地出現在這裡，是來送死的嗎？」

他的處境看起來並不太好，似乎是剛被人從水裡撈上來，畏畏縮縮地不敢說話，像條渾身溼透的喪家之犬。

吉斯咬著牙目光憤恨，卻不敢擅自出聲。

菲爾特的目光越過他們，看著遠處和火龍戰鬥的冰原女王，忍不住感嘆：「這可真是驚人，千百年前的亡靈應召而來，再次為守護自己的國民戰鬥，但你們不該阻止火龍。」

「亡靈女巫安妮，妳已經是半神之軀了，同為七大災，只要妳和那條火龍聯手，這個世界上便沒有人能奈何得了你們。那條龍是一隻腦袋不太好的好戰分子，只要妳稍微慫恿一下，牠就會高興地到處惹麻煩。為什麼要這麼費力地封印牠呢？」

安妮瞇起眼睛，她已經注意到里維斯的情緒有些不對，更何況對方的容貌和里維斯也有幾分相似，標誌性的金髮和藍眼睛，讓她有一些不太好的猜測。

考慮到潛在的可能性，安妮的態度還算和善，她只是問他：「命運神想要什麼呢？祂降下了預言，既然預言一定會發生，也就是神想坐實七大災發生，世界毀滅？那為什麼命運神殿又暗地裡把預言傳遞出去，拉著各國的王室試圖自救？」

「看來他還來不及告訴妳。」菲爾特看了里維斯一眼，態度溫和地為她解答，「神的預言一定會成真。」

「我說，你就不能用簡單點的說法嗎？」大嗓門的聖劍騎士抓了抓頭，替他直白地說明，「意思就是，神知道這個世界會毀滅，降下預言，這是一定會發生的事。但即使是神的信徒，也會有不甘心的傢伙，他們暗地裡動作，想要阻止這些災難，但都是白費力氣。」

「身在棋局中的人，無論如何掙扎，命運也終將按照既定的軌跡走下去。」菲爾特微笑著補充，看起來就是個合格的命運神殿神棍。

「你以前從來不信這些。」里維斯有些生硬地打斷他。

「是的，金獅帝國從來不信神明。但是里維斯，我親眼見到了神。」菲爾特並沒有生氣，他神色平淡地問，「你也想見見神嗎？」

菲爾特將手中的頭部盔甲戴上，輕微的金屬撞擊聲中，他緩緩抬起頭。

明明只是一個動作，他的氣質卻大不相同，在場的所有人都感覺到了如有實質的威壓，祂的出場並不聲勢浩大，但所有人都意識到——真神降臨了。

「愣著幹什麼，快跑！」安妮一聲令下，約德最先反應過來，扯著帆高聲喊起了「撤退」。

安妮覺得，一般的神明不會特地對這些人出手，但她覺得一般的神明也不會動不動就神降。

誰也猜不透命運神到底想做什麼，以防萬一，還是讓大家趕快逃跑再說。

安妮戒備著祂的動作，所幸命運神看起來沒有要對他們出手的意思，祂看著安妮，「女巫，我為妳而來。」

安妮神色微動，「也就是祢不會對其他人下手的意思？」

命運神並沒有回答，祂伸出了手指，朝著虛空中輕輕點了一下，說起了另外的話題，「妳不該涉足神的領域。」

安妮忽然汗毛直立，她感受到了近在咫尺的死亡威脅，毫不猶豫地召喚冥界之門擋在自己身前。大門上響起「咚」的一聲重響，猛烈地搖晃一下，但並沒有消散。

門內的怪物們甚至還覺得被人打擾，並不在乎敲門的是神明，凶狠地吼叫作為回應。

安妮臉色迅速慘白下去，她咳嗽了幾聲，幾乎要站立不住，里維斯持劍護住了她。

儘管看起來狀態不太好，但安妮還是笑了起來，「啊，原來神明也沒辦法像捏死螞蟻那樣捏死我啊？尊敬的命運神閣下，還是說您只擅長不清不楚的預言，並不擅長戰鬥呢？」

命運神似乎也有些詫異，祂瞇起眼看著那扇門，自言自語道：「已經掌握了冥界之門嗎？」

安妮神色一動，看向那扇門，忽然明白了什麼。她本身的力量無法與神明抗衡，但這扇冥界之門或許比她想像中來頭更大，居然能擋下神的攻擊。

儘管如此，安妮要維持這扇門抵擋攻擊的消耗，和平日裡只是用它做威懾的消耗也是大不相同的。

命運神再次抬手，安妮立刻嚴陣以待。

祂似乎並不著急，漫不經心地敲擊著冥界之門，門本身並沒有留下一點痕跡，但祂每敲擊一下，安妮的臉色便一點點白下去。她的指尖已經有黑色的符文顯現，順沿著手臂一點點朝著面部攀爬。

「安妮。」里維斯有些擔憂，安妮今天動用的魔力明顯已經透支了，但她還在支撐。

安妮伸手握住了他的手，隱隱攀上黑色符文的蒼白面孔有種妖異的病態美感，她眨了眨眼睛，露出挑釁的微笑，「尊敬的命運神，我也有一個預言，您想聽一下嗎？」

命運神只是靜靜看著她。

「卑劣的背叛者今天會死。」安妮歪了一下頭，虛空中猛地伸出無數的白骨，鋪天蓋地，就像是要把神拉下神壇一般，將命運神層層圍住。

命運神只是抬了抬眼，一瞬間白骨寸寸龜裂消散。

然而安妮也只需要這一瞬間。

里維斯在諸多白骨的掩護下，已經傳送到了吉斯身邊，在吉斯驚恐的目光中，他毫無憐憫地揮起了劍。

聖劍騎士和聖槍騎士試圖阻攔，但從冥界而來的怨靈將他們團團圍住，在所有人的注視下，里維斯斬下了背叛者的頭顱。

安妮倚靠著白骨，幾乎已經站不住，但她笑道：「我降下了預言，預言一定會實現。怎麼樣？我是不是也能成為命運神？」

她毫無尊敬地直視神，帶著惡意奚落的笑意，就像在看路邊上不了檯面的小混混一樣。

命運神什麼都沒說，但安妮卻敏銳地察覺到，祂似乎生氣了。

祂不再站在原地，握住腰間的長劍，突然一個邁步往前，安妮召喚的層層白骨在祂面前宛如白紙，祂的劍尖勢如破竹，安妮根本來不及將冥界之門移到面前。

里維斯踏著白骨閃身擋在安妮身前，命運神的劍尖毫不費力地折斷他的長劍，在他身上刺穿一個可怕的傷口。

里維斯面不改色，抱著安妮迅速後退拉開距離。

安妮伸手按住他的傷口，里維斯神色一動，低下頭溫柔地笑了笑，「別擔心，我已經是一個亡靈了，祂無法殺死我第二次。」

安妮看向命運神，扯出挑釁的笑容，「祢預見吉斯死亡的命運了嗎？」

命運神停下了動作，祂看向遠處的冰原女王，火龍的龍炎已經被全盤壓制，她即將再次封印火龍。

「妳在為亞莉克希亞拖延時間。」

安妮得意地歪了歪頭，「對啊，祢現在才發現嗎？火龍沒辦法復甦啦，是不是超乎命運的想像？祢得開始習慣，尊敬的神明殿下，這還是第一步。」

「吼！」

身上掛著無數冰屑的火龍仰頭發出最後的吼叫，牠已經被無數魔法陣團團圍住，沒辦法再繼續作惡了。

「亞莉克希亞，等我再次醒來，我一定會贏的，吼！」

牠似乎還很不甘心，亞莉克希亞有些無奈地搖搖頭，「我不是告訴你，我已經死了嗎？」

「那有什麼關係！」火龍並不在意，「妳再從冥界回來就好了！」

亞莉克希亞沉默地看著這頭無法交流的巨獸閉上雙眼，她搖了搖頭，就在所有人以為她會消散的時候，她猛地轉身，裹挾著冰箭和霜風直奔命運神！

她和安妮錯身而過時說：「去雪山盡頭。」

安妮沒有停留，傳送門一開，里維斯立刻帶著她跨了進去。

「區區一個過去的亡靈。」命運神平靜地看著冰原女王，揮手將她未來的命運置換到現在，亞莉克希亞的身形停滯在空中，她的靈一瞬間消散，重回了冥界，只剩格瑞雅的屍身從空中墜落。

命運神瞇起眼，朝著安妮傳送的方向追去。

弗雷神色一動，伸手接住了格瑞雅落下的屍身。

「喂，你別做多餘的事。」聖劍騎士撇了撇嘴。

弗雷將她的屍身放在屋頂，「至少她是一位值得尊敬的公主。」

安妮一開始就發現了，命運神應該確實有類似結界的力量，他封印住當地，即使安妮使用傳送也無法逃出太遠。然而在被封印的世界裡，只有朝著雪山盡頭的那個方向沒有限制，怎麼看都像是一個陷阱，但此刻他們也已經別無選擇。

里維斯沉默地抱緊了懷中的安妮，他能感覺到她的體溫正在逐漸下降，就像一具真正的屍體。她已經嚴重透支了，他必須儘快找個地方讓她休息！

兩人誰也不知道雪山的盡頭有什麼，他們只能相信亞莉克希亞的話，但一路往前，雪山的彼端似乎只有無盡的雪山，根本看不見出路。

命運神已經追了上來。

安妮有些無奈地撐著里維斯的肩膀，努力抬起上半身，打算做最後的抵抗，「你說亞莉克希亞讓我們往這裡跑，是不是因為這裡雪大，就算我們死在這裡也不用人收屍，雪自然就會把我們蓋起來？」

即使在這種情況下，里維斯也無奈地笑了笑。

安妮盤算著如果實在沒有辦法，她就和里維斯一頭跳進冥界之門裡，雖然不知道活人進入冥界之門會有什麼後果，但總比落進命運神手裡好。

命運神放緩了腳步，居高臨下地看著他們，「妳無法逃脫命運。」

安妮正打算在最後說兩句氣人的話，忽然皺了皺眉，命運神也似有所感地微微側頭。

雪山的盡頭突然亮起一大片讓人不能直視的刺眼光芒，光芒中傳來一道略顯輕佻的男聲，「喂，命運，不會吧，祢在親自追殺一個小鬼嗎？」

安妮眨了眨眼，表情奇怪地看向里維斯，會用這個語氣跟命運神說話的，難道是另一位神明？

但如果真的是，這樣，神明們今天出現得也太過頻繁了吧！

命運神看著那團光，似乎也相當忌憚，祂不答反問：「光明神打算庇護亡靈女巫嗎？」

安妮的臉色更加古怪了。

「嗯，也不是不可以。」光明神竟然笑了起來，聲音清朗，居然還帶著點少年口氣，安妮甚至能想像祂搖頭晃腦的樣子，「她畢竟是生命看重的人，這祢應該也知道，哇，祢不是故意想惹祂生氣吧？」

「我和祢不一樣。」命運神的語氣帶上點挑釁，「祢是生命的從神，所以才會害怕祂，我可不是。」

「是嗎。」光明神懶洋洋地應了一聲，「怪不得，祢既然都不把生命放在眼裡，當然更不會把我放在眼裡了。我聽說祢似乎慫恿我的信徒幫祢做了不少事，這回甚至想把我庇護的國度毀滅。」

說著說著祂似乎生氣起來，「雖然不知道祢到底想做什麼，但我總覺得祢在盤算什麼壞主意，嘖，麻煩死了，出來打一架，命運！」

祂突然的發言讓在場的神和人都沉默下來。

安妮心中的光明神形象突然不怎麼光輝了。

命運神沉默良久，「我只是按照我的職責觀測命運的發展，然後降下預言，我也不會特地約束每個信徒的想法。」

這句解釋其實已經相當於祂的退讓，但光明神看起來卻並不領情。

祂笑了一聲，「祢好像很久沒有出現在神界了，祢到底在那裡偷偷摸摸做什麼？」

命運神：「這是我的世界。」

「它還不算是一個完整的世界。」光明神隱隱帶著威脅，「祢想讓它完全摧毀嗎？」

命運神笑了一聲，「祢可以試試。」

兩人僵持著，命運神轉頭深深看了安妮一眼，「看來妳的命運還沒有走到盡頭。」

安妮眨眨眼，「有沒有走到盡頭看起來都是您現編的。」

「哈哈！」光明神十分捧場地笑兩聲，命運神頭也不回地離開這裡。

安妮瞇起眼打量著那團刺眼的光芒，她似乎隱約看見一個歪歪斜斜坐著的身影。

「唔！」忽然她覺得眼睛猛地一痛，下意識閉上了雙眼。

光明神的聲音傳來，「別隨便窺視神的模樣，沒禮貌的小鬼。」

Getaway Guide for Necromancer

CHAPTER 9

【神的祕辛】

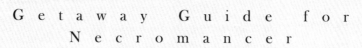

里維斯戒備著光明神的突然發難，安妮捂著眼睛小聲抗議：「我什麼都沒看到！」

光明神笑了一聲。

安妮稍微張開一點手掌，從手指縫裡確認這團光並沒有要攻擊他們的意圖，這才小心地開口問：「咳，尊敬的光明神閣下，您剛剛說從神主神……難道海妖族流傳的創世神話是真的？」

光明神的語氣理所當然，「我怎麼知道海妖族流傳的創世神話是什麼。」

安妮小聲嘀咕：「神不是無所不知無所不能的嗎？」

光明神笑道：「剛剛還對著命運神大放厥詞的亡靈女巫也相信這個嗎？」

「好吧，我確實不信。」安妮老老實實地承認，把海妖族的創世神話簡單告訴了祂，「海妖族說，創世神創造世界後化身為六位原初神，原初神們繼承創世神的權柄，挑選了十二門徒給予神格，這十二位就是原初神的從神們。」

光明神有些驚訝，「原來妳已經知道這些了，那妳就該理解，為什麼命運現在就想要殺妳了。妳已經被生命女神看中，如果等到妳取得神格，妳絕對會給那傢伙找不少麻煩的。」

「居然是真的。」安妮摸著下巴，「那麼生命女神確實是六位原初神之一，您是祂的從神，那麼命運神呢？」

「妳想知道神明的祕辛？雖說妳已經半隻腳踏進了神界，但是不是太著急了點。」光明神的聲音帶著點慵懶，讓人聽不出喜怒，但安妮清楚，這傢伙是個不按常理出牌、喜怒無常的神。

里維斯看了她一眼，看樣子並沒有完全放鬆，隨時準備再次逃亡。

想了想，安妮還是遵從本心問：「您願意為我解惑嗎？」

「光明神為亡靈女巫解惑嗎？」光明神笑了，似乎覺得很有意思，「也不是不可以，反正我是很想看看妳給命運找點麻煩。」

「妳聽到的那個故事，大部分都是真的，只是還有不清不楚的地方。創世神創造的世界，並不是妳所在的這個世界，而是我們所在的神界。生命女神確實是六位原初神之一，我們稱之為主神，而我是最初的十二門徒之一。至於命運，祂不是十二門徒之一，祂是新來的。

「如果妳能從生命女神手裡得到神格，那妳和祂一樣都是新來的。」

安妮挑了挑眉毛，怪不得光明神對命運神的態度會是那樣，原來神之間也有地位高低之分。

里維斯稍微放心了，這至少能解釋光明神為什麼會幫助他們，甚至現在還頗為耐心地為他們解惑，也許是因為祂本身就是和生命女神同一個陣營。雖然不能完全相信祂，但至少比神明毫無緣由的善意讓人放心。

安妮追問：「主神和從神，只是先後的區別嗎？十二門徒除了代表歷史悠久，還有其他含義嗎？」

「當然不同。」光明神笑道，言語間有難以掩飾的驕傲，「六位主神由造物主分化而成，祂們絕對忠於造物主的信念，或者說，祂們就是造物主的分身，完全由神性主導。主神也很好分辨，說話時毫無感情的那種就是了。

「祂們比其他神更尊貴，也更強大，祂們是神的選拔者，也是諸神的約束者。而我們，最初的十二門徒，我們也是不同的。我們是最初神界誕生的生命中，由原初神挑選成為神的生靈。我們雖然沒有造物主的意志，但我們的身軀來自造物主的生命力，因此也被稱為神之子。」

安妮神色一動，「那六位原初神就是神的分身，也就是說……」

「是的，十二門徒和主神們的關係更密切，因為在我們眼中，六位主神就是我們的父親、母親。而即使在六位主神中，生命女神也是極為特殊的存在，哪怕是其他主神，也不會願意與祂為敵的。」

安妮還沒有張嘴，光明神就搶先阻止她問下去，「事關女神的權柄，這我不會告訴妳。而十二門徒之後的諸神，沒有繼承創世神的一部分，祂們的尊貴只來自於神格。」

安妮有些困惑。

關於自己的尊貴，光明神似乎格外願意多說一點，「哪怕妳將來成為神，但在妳成為神之前，妳曾經是個人，命運祂們也一樣。」

安妮虔誠地看向祂，「原來如此，我已經非常理解您和生命女神的尊貴了，但是……既然祢們擁有這樣的力量，為什麼不能像命運那樣直接降臨呢？而且為什麼冰原女王會讓我往雪山盡頭跑，命運神似乎無法封鎖這裡？」

「妳的問題可真多。」光明神的耐心似乎即將告罄，語氣很快變得敷衍，「因為這裡是命運的世界，外神很難干涉，只有在世界未完成之地，我們才能顯現。四個未完成之地，有一處就是這個世界的門，生命沒有給妳啟示嗎？」

安妮沉默了片刻，有些遲疑地說：「祂或許已經給了，祂讓我去找世界之樹。」

她很快想到晴海邊際無法深入的無盡之海，她就是在那裡聽見生命女神的聲音，這樣想來，那裡應該也是世界未完成之地。

光明神也沉默了片刻，「……那妳為什麼不去？」

安妮有些心虛地摸了摸鼻子，「我、我那時候只知道命運神好像不太對勁，哪裡知道生命女神是不是什麼好神，我怕祂也有什麼企圖。」

光明神冷笑一聲：「哈。」

安妮試探著說：「那、那我現在過去？」

只要拿到了神格，同為神明，就算再遇上命運神，她也一定能夠保護得了其他人！

光明神嗤之以鼻，「妳當命運神是傻子嗎？祂肯定也猜到了妳要去門那裡，妳現在去還不是自投羅網？」

安妮有點苦惱地抓了抓腦袋，「啊，那可怎麼辦啊？」

「我怎麼知道。」光明神看起來一副要離開的樣子，「我也不過是看在妳救了我庇護的信眾的分上才幫妳一把，剩下的妳得自己想辦法。命運應該回到神界了，我得去找找祂的麻煩。」

安妮張了張嘴，眼看著前方的光芒褪去，變成一望無際的潔白雪山，她苦澀地嘆了口氣，「我還來不及問祂能不能幫忙叫一下生命女神……」

里維斯似乎從來沒聽過用這種口氣討論神明的，忍不住笑著搖搖頭，「至少我們都活了下來。」

說完他又覺得有些不對，他身為一個亡靈，似乎不太適合用「活」這個詞語。

他還沒想好怎麼重新描述一下這種劫後逢生，安妮已經睫毛輕顫，蜷縮起身體，「抱歉，里維斯，我實在太累了。」

里維斯伸手小心地替她拉上兜帽，避免飄進飛雪。

如果是一般人，在這個時候抱著個冰冷得如同屍體的活人，恐怕自己也會凍到受不了，所幸，里維斯想，所幸，他是不畏嚴寒的亡靈。

安妮醒來的時候，身處在一座宮殿中。她看著天頂上的太陽紋案，有些困惑地眨了眨眼。

她低聲呼喚：「里維斯？」

門口響起敲門聲，還有里維斯熟悉的聲音：「妳醒了嗎？安妮。」

這讓安妮放下心來，頗有閒情逸緻地打量著周圍的陳設。這裡比她們之前住過的每間旅店都豪華許多，里維斯這是找了什麼地方？

里維斯推門進來，還帶來清水和食物，不等安妮開口詢問，他就說：「這裡是白塔國的王宮內。」

安妮困惑地眨了眨眼，「什麼？」

信仰光明神的白塔國為什麼會收容一名亡靈女巫？

里維斯無奈地搖搖頭，「因為約德。我回來的時候他已經在跟白塔國的居民們宣揚，是偉大的亡靈女巫安妮犧牲自己從火龍手下拯救這個國家，而他是繼承女巫遺志的戰士。」

「那傢伙也未必全是好心，他覺得我死了，把功勞攬在我身上，是想趁機也替自己撈點好處吧。」安妮已經赤腳下地，邊聽邊好奇地走向窗口，她剛剛聽見窗外傳來十分熱鬧的呼喊聲。

白塔國王都的洪水已經退去，氣溫也逐漸回到原本的樣子，地面已經覆上薄薄的積雪。

不過因為來去匆匆的洪水，晴海部族的船來不及順著河流回到大海，此時就擱淺在王都的街道中間。剛剛的呼喊聲，就是一大群亞獸人，帶著少數能夠行走的海妖，還有許許多多分不清是晴海部族居民還是王都居民的人類，一點一點推動著大船。

安妮原本以為約德是十三王中唯一前來的王，沒想到居然在人群中看見一個熟悉的身影。

她有些好笑，「魯迦王怎麼也來了？他不是說亞獸人永不為奴嗎？」

里維斯也有些無奈，「我之前也跟他們聊了聊，據說魯迦部落現在是跟臨海城關係最好的一族，似乎是意氣相投。魯迦族性格相當豪爽，而每次他們去臨海城幫忙，海妖總是請他們吃到飽，於是現在不少魯迦族人都在臨海城搭建了自己的住所。」

安妮無言地看了片刻，親眼見到海涅跟身材高大的魯迦王勾肩搭背，他們看到周圍居民送來的食物，露出了同款滿足的傻笑。

她忍不住笑了出來，笑得搖搖晃晃，用力伸了伸懶腰，一點都不淑女地在窗口坐下，撐著下巴看下面一派熱火朝天的模樣。

「里維斯，我剛離開黑塔、拋金幣做選擇的時候，其實都覺得毀滅世界不算什麼大不了的事，畢竟這世界上的大部分人，我都不認得。」

里維斯順著她的目光看下去，王都的街道被洪水破壞了不少地方，但即便如此，也掩蓋不住諸多種族混在一起，各不相同，又同樣蓬勃旺盛的生命力。

他也跟著笑了，「現在呢？」

安妮眼睛亮亮地指著窗下，「現在，我想就算是為了這些笨蛋，我也不能讓命運神為所欲為。」

門口響起敲門聲，安妮微微回頭，「讓我猜猜會是誰？會來找我的傢伙好像都在樓下推船，不會是聖光會的傢伙吧？」

里維斯笑著搖搖頭，「應該是白塔國的王子羅斯金殿下，之前他就希望能見見妳了。」

安妮有些驚訝，「格瑞雅那個重傷昏迷的哥哥？他醒過來了？」

里維斯默默點頭，「聽說聖光會下了不少工夫，甚至請隱者動用了大型聖光魔法。」

「喔，聖光會啊。」安妮現在對他們的感情十分複雜，有些不確定對方的想法，還是點了點頭，「畢竟是借住了別人的豪華宮殿，好歹要跟屋主打個招呼，請他進來吧。」

里維斯沒有立刻動身，他低頭看著安妮。

安妮順著他的目光看了看自己的姿勢，無奈地站起來，學著貴族優雅地朝他行禮，「明白啦，要見尊敬的王子殿下，我得學著淑女一些！」

「不是這個。」里維斯難得見她學著貴族行禮，忍不住露出笑容。他牽著安妮在房間的椅子上坐下，在她面前彎下腰，神色有些無奈地握住她的腳腕，「我是說，妳至少要穿上鞋子。」

安妮瞪大了眼睛，莫名覺得臉上有些燒得慌，她心慌地快速眨了眨眼，仰頭細細打量著天花板上的太陽紋案。

里維斯替她穿好鞋，這才請門外的訪客進來。

門外似乎有不少人，為首那位身材高大的紅髮青年，五官和格瑞雅有幾分相似。他的頭髮根根向上，看起來倔強又充滿朝氣，只是此刻臉色依然有些蒼白。在他的示意下，其他人都守在了門口，只有一個神情悲戚的年輕女性扶著他踏進了房間。

安妮這才注意到，他似乎瘸了一條腿，另外整個左側的衣袖都空蕩蕩的，這樣的傷勢，也真虧他還能活下來。

安妮有些詫異地挑了挑眉毛，相當直截了當地說：「有什麼特別要緊的事嗎？我覺得您最好還是好好休息。」

「我確實……有些不得不問的事情。」羅斯金露出笑容，只是眉間緊皺，看起來並不是個真心的暢快笑容，「至少，也得讓我代表王室對您表達感謝。」

「先坐下吧，羅斯金王子。」里維斯扶了扶椅子。

羅斯金身邊的女孩看了他一眼，羅斯金無奈地垂下眼，「麻煩妳了，賽西莉亞。」

賽西莉亞微微搖頭，小心地扶著他在椅子上落座。

羅斯金解釋了一聲：「雖然醫師們都說我得多走走站站，但我總覺得太為難賽西莉亞了，畢竟……」

「殿下！」賽西莉亞板起臉，「我能撐著您，我是您的妻子，這是我的責任！」

「哈哈！」羅斯金看起來總算放鬆了些，用僅存的右手替她拉開座位，「好了，請坐吧，我堅強又可愛的王妃殿下。」

賽西莉亞王妃朝著安妮和里維斯禮貌地行禮，這才姿態優雅地落座。

安妮眨了眨眼睛，忽然露出笑容，也拉了拉身邊的椅子，學著羅斯金閣下的樣子對里維斯說：「您也請坐吧，我溫柔又可靠的王子殿下？」

里維斯眼中閃過一絲笑意，低聲制止她：「安妮。」

他無奈地坐在她身邊。

賽西莉亞只當安妮在揶揄她，臉上飛快染上一絲緋紅，害羞地低下頭。

羅斯金深吸一口氣，「那麼我就直截了當地問，安妮閣下，聖光會的教皇說，這件事有神明插手，讓我不要多問。但我無法就這樣放棄，我想請求您告訴我真相。

「吉斯是被誰殺死的，格瑞雅又是怎麼死的？在火龍復甦的霧氣中，我似乎看見了遠古祖先的身影，這些到底都是怎麼回事？」

安妮指尖敲了敲桌面，和里維斯對視了一眼。

她開口詢問：「之後白塔國的王位還是由你繼承嗎？」

羅斯金露出苦笑，「也只能是我了，畢竟白塔國現下，也找不到別的繼承人了。但我也不確定我這樣的身體狀況，還有多久可以支撐。實不相瞞，我也還沒有孩子，我必須考慮，要不要提前收養一位孩子，作為王國的繼承人。但在此之前，我想知道真相。」

安妮點點頭，告訴他命運神在這裡神降，也告訴他吉斯是個背叛者，告訴他格瑞雅和凱文的犧牲。

羅斯金靜靜聽著，沉默地握緊拳頭。

安妮靠進座位裡，「這是關於你的國家的部分，關於我的部分，抱歉，我就不告訴你了。」

他微微點頭，臉上浮現出痛苦的神色，「格瑞雅……」

而他身邊的賽西莉亞早已滿臉淚水。

「節哀。」里維斯禮貌性地寬慰。

羅斯金搖了搖頭，似乎陷入了回憶，「我跟她，其實並不親近，或者說我們甚至根本沒有一起生活過多長時間。我知道她有暗元素的天賦，也知道她從很小就一直生活在教會裡了。

「但這件事民眾並不知道。我會告訴他們水霧中的身影是格瑞雅本人，而王室原本對外宣傳她毫無魔法天賦，是為了掩蓋這位天才，她其實是繼承了冰原女王魔法天賦的冰系法師。」

安妮點了點頭，這樣一來，至少格瑞雅可以擁有身後的榮光吧，她轉頭看向窗外那座頂天立地的白塔。

至少這個虛幻的謊言，會讓她像是那位冰原女王的繼承者一樣，賦予她曾經渴望的榮耀。

羅斯金露出苦笑，「我們可以對民眾宣揚您的貢獻，也會廢止國內關於禁止亡靈法師的條例。但是非常抱歉，我們畢竟從來都信仰光明，這個國家在很多地方也要仰仗聖光會扶持，如果宣布我們是被亡靈救下，恐怕……」

「我明白。」安妮倒沒想到他還會考慮這些，她只想著要怎麼度過眼前的危機，如果能讓之後的亡靈法師們好過一點，應該也是好事吧？

賽西莉亞補充道：「我們不能一蹴而就地忤逆聖光會，但我們會暗中推動魔法公會的建立，各系魔法師都會受到庇護，當然也包括暗系法師。」

安妮對這些方面不太擅長，她只能做出認真傾聽的樣子，乖乖地點頭，時不時露出讚許的微笑。

等說完這些事情，現場陷入沉默。

羅斯金的手無意識地握成拳，他低聲問：「還有一件事。」

安妮擺出傾聽的姿態。

羅斯金抿了抿唇，眼神有些閃躲，暴露了他不安的內心，「神明……這件事，有沒有光明神的身影？」

安妮詫異地挑了挑眉毛。

說出口以後，羅斯金似乎有了硬著頭皮說下去的勇氣，他咬著牙問：「我知道我的問題是在褻瀆神明，但我、但我不由自主地對我的信仰產生了懷疑！仁慈的神要殺我們……王都內甚至還有命運神的神殿，我曾經還拜訪過那裡！但現在，我知道是那位神明要殺死我們，我……

「針對亡靈法師的提案，最開始也是聖光會提出的。確實在執行抓捕亡靈法師的授命之後，我們抓獲了很多邪惡的亡靈法師，我敢發誓，他們確實殘忍邪惡，犯了許多罪孽。但是我現在轉念一想，如果聖光會沒有追捕他們，也許其中很多人根本不會走上犯罪的道路。

「聖光會，真的只是被命運利用了而已嗎？他們真的沒有、沒有故意……」他強撐著的獨臂有些顫抖，像是無法再繼續說下去。

安妮撐著下巴看他，忽然提起一個不怎麼相關的問題，「你有什麼特別討厭吃的東西嗎？」

羅斯金一愣，似乎不明白安妮為什麼突然這麼問，但還是老實回答：「黑胡椒，雖然很多人喜歡這類名貴的香料，但我一吃就會鼻子癢。」

安妮笑了一聲，「那麼你的午餐裡會出現黑胡椒嗎？」

羅斯金皺起眉，搖了搖頭。

「你身為白塔國的繼承人、尊貴的王子殿下，知道你討厭黑胡椒，他們當然不會再讓你吃到黑胡椒。」安妮意有所指，「如果你成為神，你的信徒知道你討厭黑胡椒，他們也不會再吃黑胡椒，甚至還可能會為了討好你，希望黑胡椒從這個世界上消失。」

羅斯金逐漸冷靜了下來，他深深地看著安妮，「……我明白了。光明神並不喜歡暗元素，命運神確實利用了這點，但更多的是聖光會的『人』做的，祂只是利用了人性，對這一切推波助瀾。」

「是的。」安妮點了點頭，隨後露出笑意，「我是不管你以後當不當得了虔誠的信徒，不過經過了這件事，聖光會的那些傢伙應該也很著急，他們失去了不少信任，一定會藉機好好表現自己的。這不正是利用他們的好機會嗎？

「不管是光明神的信徒，還是召喚亡靈的女巫，只要能對保護這個國家有幫助，那就都可以利用，不是嗎？這類事情，你應該比我更擅長吧？」

羅斯金恢復了冷靜，他看了安妮片刻，隨後深深地點了點頭。離開房間之前，他還是不由自主地回過頭，再問一句：「安妮閣下，如果真的是神明要毀滅我們，我們到底該怎麼做才能……」

安妮認真考慮了片刻，嚴肅地點點頭，「奮力抵抗。」

羅斯金聽到這句話，不知道該怎麼說下去。

里維斯笑了一聲，「羅斯金閣下，當災難降臨，王會擋在國民之前，父母會擋在孩子之前，手握刀劍的人會擋在身無寸鐵的人身前，這就是人類這個弱小的種族，能夠生存到如今的原因。

「凡人面對神明，我們只能奮力抵抗而已。」

出於禮節，里維斯出門送羅斯金離開。

安妮在房內等了片刻，有些奇怪地轉頭看向門外，里維斯去的時間有點久了，或許是還有些什麼話題要單獨跟王子聊聊？

她在椅子裡換了幾個姿勢，最終還是按捺不住好奇心，輕手輕腳地下了地，悄悄摸去門口，打算裝作不經意地開門問問里維斯怎麼還不回來。

然而她還沒走到門口，里維斯就推門回來了，安妮走到一半，略有些尷尬地收回腳，板著臉轉頭指著里維斯端來的食物，隨口扯了個理由，「我、我剛想去問問他們的果醬是什麼醬！還挺好吃的！」

里維斯順著她的手指看過去，卻沒像平常一樣開口為她解答。

儘管他沒什麼表情，安妮卻忽然察覺到了什麼，她安靜下來，有所預感地問：「怎麼了？里維斯。」

里維斯抬起眼，漂亮的藍眼睛裡醞釀著平靜的悲傷，「命運神殿的聖杯騎士，是我的哥哥，金獅帝國的第二王子菲爾特，他成為了命運神神降的容器。」

安妮神色微動，她其實猜到了，但里維斯沒有主動提起，她之前也就假裝不知道。

里維斯繼續說：「他告訴我，我的父親和母親都已經不在了，我有些擔心，所以剛剛向羅斯金殿下詢問了最近金獅帝國的情況。

「在一場魔獸襲擊中，金獅帝國國王、王后、公主身死，在場的獅心騎士團全部戰死，拚死將第一王子格林、第二王子菲爾特送回王都。」

安妮眉頭緊皺，抿了抿唇，又不安地張了張嘴，最後只能乾巴巴地擠出一句：「你、你還好吧？」

里維斯盯著她看了片刻，出乎她意料地坦率回答：「不太好。安妮，我很難過。」

他溫柔的藍眼睛裡盛滿悲傷，但他已經是一個不會流淚的亡靈，只能孤零零地站在那裡，無聲地表達自己的哀慟。

安妮苦惱地垮下臉，有些手足無措地張開手，「那你需要一個擁抱嗎？我……」

在她絞盡腦汁說出其他話之前，里維斯往前一步，伸手接受了這個象徵著溫柔的擁抱。他閉上雙眼緊緊抱住她，暫且忘記禮節，將頭深埋在她的頸邊。

安妮小心地回抱他，輕輕拍著他的後背，用盡可能溫柔的聲音說：「抱歉，我實在不太會安慰人，你想見見他們嗎？」

里維斯知道安妮指的是召喚他們的亡靈，他內心掙扎著，沉默了片刻，最後還是搖了搖頭，「不，不必了，雖然我很想知道當時到底發生了什麼，但我並不希望有人因此喪命。」

安妮仰起頭，也因此結束了這個擁抱，她露出笑容，「只是說話的話，獻祭一條魚或是一隻青蛙都可以，不用付出太珍貴的祭品，你想見見他們嗎？」

里維斯深吸一口氣，稍微有些動搖，短暫的考量之後，他鄭重地點了點頭，「請幫我召喚尤莉卡吧，拜託妳了，安妮。」

安妮用力點頭，拍著胸脯保證：「交給我吧，抓小青蛙我最擅長了！」

里維斯悲傷的表情出現一絲裂痕，「啊，我想這個不用妳親自……」

他還來不及制止，安妮已經半個身體探出了陽臺，朝著樓下呼喊：「嗨！」

里維斯只能跨上前一步抓住安妮的衣領，防止她一個不小心翻身摔下去，聽著她大聲號召：「幫我抓一隻小青蛙，要最漂亮的那一隻！」

「好！」海涅第一個回應，答應完了才問，「要幹什麼？好吃嗎？」

安妮握了握拳頭，「要活的，別管那麼多，抓到了請你吃好吃的！」

里維斯看著樓下的眾人呼啦啦從船邊散開，認認真真地滿王都尋找一隻小青蛙，又好笑又無奈地回過頭，安妮已經穿上自己的黑色斗篷，整裝待發，「走吧，走吧！我準備好啦！」

里維斯把嘴邊更合理的計畫嚥了下去，他忍不住低下頭笑了一聲，「好，等等我。」

就偶爾不管那些，做一個快樂笨蛋吧。

整個王都剛剛被大水沖刷過一遍，還籠罩著一股潮溼氣息，只是這裡的氣候……似乎並不是那麼適合青蛙生存。儘管王都居民和晴海部族都十分努力，大家也沒有在這裡找到一點青蛙的蹤跡。

這場聲勢浩大的尋找青蛙行動，引起了不少人的關注，甚至羅斯金王子也派人前來詢問，以為有什麼特殊的含義。

身材挺拔的護衛長，小心地接近安妮，用一種探討軍事祕辛的語氣問：

「閣下，出了什麼事了？」

安妮眨眨眼，也有模有樣地學著他的口氣回答：「抓青蛙！」

護衛長臉上一瞬間顯露出了迷茫，但他還是很快收斂了神色，低聲問：「是跟神明有什麼關係嗎？」

安妮抓了抓頭，不太確定地問里維斯：「青蛙和神有關係嗎？」

「……咳。」里維斯似乎有些不好意思地清了清喉嚨，「沒什麼關係，我們只是在尋找獻祭的材料。」

「啊！」護衛長終於反應過來，他想了想從前在聖光會那裡聽說的傳聞，亡靈法師的儀式確實很多需要蝙蝠、蜘蛛、青蛙之類的東西。他臉色古怪地抓了抓頭，「白塔國的氣候，恐怕很難找到青蛙啊，不能用其他替代品嗎？」

里維斯微微點頭，「其實用別的也可以，比如……魚？」

護衛長鬆了一口氣，「這樣的話，我去廚房幫兩位找一條來吧？」

安妮勉為其難答應，還特地強調：「一定要那種最英俊最可愛，感覺親一下就會變成王子的那種漂亮魚才可以！」

里維斯似乎有些不好意思，他無奈地搖搖頭，但也沒有拒絕安妮奇特的好意，或許他自己也沒有注意到，他的神色變得十分溫和。

安妮一直偷偷看他的表情，現在總算是稍微鬆了一口氣。

等護衛長送來了魚，安妮和里維斯找了一個沒人的隱祕角落，安妮蹲在地上，用小木棍認認真真地畫起陣法。

她為里維斯解釋：「其實不畫也可以，我平時都是偷懶的。儘管里安娜說，畫好陣法成功率更高，但我也從來沒有失敗過。不過既然是給你妹妹的，儀式還是完整一點更好！看這個圓，畫得漂亮吧？」

里維斯看著安妮一副眼睛亮亮求誇獎的模樣，忍不住帶上點笑意，認真地點點頭，「漂亮，真了不起。」

「嘿嘿！」安妮不好意思地笑了笑，回過頭繼續認真完善魔法陣。

里維斯溫柔地看著她，自己主動開口：「羅斯金王子跟我說，傳聞中菲爾特還在金獅帝國內。我覺得有些奇怪。我以為他既然成為聖杯騎士，就會被命運神殿藏在教會內，但羅斯金王子跟我說，就在最近菲爾特還經常在金獅帝國露面。但我又能肯定，我見到的菲爾特不是冒牌貨，這件事似乎透著古怪。」

安妮其實聽到的時候就覺得有些奇怪了，但里維斯沒有提起，她也沒有直接問。等現在里維斯看起來情緒稍微緩和了，她才點頭附和：「確實奇怪極了，格林王子還活著，如果是冒牌貨的話，不可能瞞過他吧？」

安妮說著突然想到一個更可怕的可能，金獅帝國內活下來的兩個王子，莫非都是冒牌貨？

不，也不一定。聖杯騎士說吉斯原本要當金獅國王，但出了點意外，嘖，可真是讓人想不明白，安妮苦惱地抓了抓頭髮。

里維斯低下頭，「我還沒有跟妳說過，我為什麼會到黑鐵聯盟去。我離開前不久，格林剛剛開始協助國王處理政事，他察覺到大陸上許多國家之間有種奇妙的默契，於是也從各方勢力中打聽相關的消息。

「黑鐵聯盟中有與金獅帝國交好的城邦，他們暗中伸出橄欖枝，表示願意和我們分享情報，但條件是讓我出使他們的城邦以示誠意，並由我親自帶回消息。」

安妮皺起眉頭，手上的動作都慢了下來，她如實表示：「聽起來……這個條件有些奇怪。」

再想到里維斯之後遇到的事情，簡直就像是特地為他製作的誘餌。

「其實在政治中，這種要求並不奇怪。就像貴族舉辦舞會，一定會送上禮物給城內最出名的社交名媛，希望她務必光臨。」里維斯無奈地笑了笑，

「這就是為了所謂的體面。不過格林那時候也懷疑過他們另有想法，只是他認為對方是想跟金獅聯姻。」

「喔！」安妮的表情有些古怪，「這麼看來那個城邦也許跟吉斯、或者跟命運神有所關聯？但也許只是吉斯知道了消息，才在半途計畫了謀殺。」

「也有可能。」里維斯並沒有否認，「但我現在覺得奇怪的一點是，那個城邦的王室確實信奉命運神，還有他們放出的誘餌。

「在我出使之前，格林也要求對方提供一些情報，評估是否有價值。當時對方曾說，滅世的災難即將到來，而神的信徒得以在新世界重生。」

安妮臉上的笑意逐漸消失，她站起來，「這樣啊，我還在奇怪命運神殿那群傢伙，為什麼明知自己的神要毀滅世界，還願意幫祂，原來是打算丟下其他人，自己在新世界重生啊。」

里維斯垂下眼，「也許就是因為金獅帝國沒有信仰，命運神才會挑這個國家下手吧。」

安妮伸手拍了拍他的額頭，「別從自己身上找原因啊，你們又沒有做錯事。白塔國有光明神庇護，不照樣被攪亂成這個樣子？」

里維斯的表情稍有寬慰，安妮又撇了撇嘴，「不過部分國家之間的默契，應該是說七大災吧？這預言都是一百年前的了，真虧你們到現在才意識到啊。」

里維斯的表情略有些窘迫，「咳，我的父親和祖父，都是那種比較、比較武力派的傢伙，他們確實有些不拘小節。我記得小時候命運神殿就有教會人員前來傳教過，還提議讓尤莉卡加入教會，都被父親拒絕了。

「他告訴我們，金獅王族信仰一切美好的品格本身，如果教會願意引導人民做些好事，那麼我們就應該給予支持。但如果教會是想要從人民身上獲取利益，但我們就要保持警惕。在教會的人看來，這應該是毫無虔誠之心的表現了吧。

「格林繼承了母親的溫柔謹慎，是他教導我和各個教會保持良好的關係。他告訴我，既然父親已經對教會表現出排斥，那麼王子們表現出一定的親近，才能保持平衡。正是他如此細心，才能察覺到七大災預言的存在吧。」

安妮從善如流地點頭，「聽起來他是一位很聰明的人，也是個很適合當國王的人。」

里維斯溫和地笑道：「是的，他是一名令人尊敬的兄長，我一直相信他能夠成為一位好國王。」

但之前菲爾特卻說，他才是擁有天生王者之運的人。難道如果沒有在永夜之森被殺死，沒有遇見安妮，他會成為其他國的王？

這麼說也說得通，但里維斯還是隱隱有些不安。

他看見安妮取出那條看起來十分有精神的魚，小心地將牠放在了陣法中央。

里維斯抿了抿唇，坦誠地看著她，「安妮，我有點緊張。」

安妮露出笑容，朝他伸出手，「我這隻手沒有碰魚，你可以牽著我，召喚她吧。」

里維斯沒有猶豫，溫柔而堅定地握住安妮的手，即使他並不能感受到溫度，但似乎依然從中獲得了力量。

里維斯看著地上那條甩著尾巴活蹦亂跳的魚，低聲呼喚：「金獅帝國的公主，極有天賦的火系法師，我親愛的妹妹尤莉卡．萊恩——」

虛幻的冥界之門浮現，然而兩人等了片刻，它都沒有打開。

安妮和里維斯對視一眼，覺得有些奇怪，里維斯的召喚詞並沒有什麼問題，這確實可以精準指向金獅帝國的這位小公主，冥界之門也給予了回應，但亡靈沒有顯現。

里維斯皺起眉頭，再次重複一遍。

安妮看向陣法中不再動彈的魚，低聲說：「祭品已經收下了，儀式沒有問題。」

里維斯有些奇怪，他越來越不安起來，「但尤莉卡沒有出現，這是為什麼？」

「三種可能。」安妮聳了聳肩，「一，神之力的干涉；二，她已經被另一位亡靈法師召喚了暫時沒空；三……」

安妮小心翼翼地看了看他的側臉，「她還沒死。」

里維斯沉默著，再次看向那扇虛幻的冥界之門，他無奈地扯了扯嘴角，「但願她還活著。」

安妮用力握了握他的手，努力讓自己的語氣聽起來活潑一些，「那就親眼去看看吧。看樣子我們又要開始旅行了，上次還說要嘗嘗金獅帝國的美食呢，這次終於有機會啦。」

她轉過身，看著情緒並不高昂的里維斯，溫柔地拍了拍他的額頭，「別太悲傷了，里維斯，凡生者，唯有死亡無可避免。」

里維斯眸光閃動，他點點頭，收斂起悲傷，冷靜地規畫，「金獅帝國的邊界是魔土，傳聞中魔土的盡頭，有惡魔也不敢涉足的深淵。聽起來和無盡之海、雪山盡頭相似，或許就是另一個世界未完成之地，去那裡說不定我們能夠再次得到神諭。」

安妮跟著點頭，「而且魔族和七大災也有關，我也很好奇魔王是什麼樣的傢伙，我們肯定是要和他們打交道的。說起來里安娜和媞絲可能也在那裡，如果能遇見就好了。這樣一盤算，這趟旅程還是很有意義的嘛。」

里維斯看向熱鬧的人群，「又要跟他們告別了。」

「不，這次我們要悄悄走。」安妮拉上了兜帽，「海涅那傢伙絕對會吵著鬧著要跟去。還有約德，這傢伙一露面就要嘰嘰歪歪好久，跟他說話也太麻煩了。羅斯金王子肯定會說為了表達感謝要舉行怎樣隆重的歡送儀式，我討厭被一大人群人圍著。」

里維斯有些無奈地聽她細數這些人有多麻煩，最後安妮小聲地嘀咕一聲，「我討厭告別。」

里維斯溫柔地注視著安妮，沒有鬆開她的手，拉著她沿著無人的小路往西走，「那麼，這次我們兩個人悄悄離開。」

CHAPTER 10

【不告而別】

等到有人發現安妮和里維斯離開了白塔國的時候，他們早就已經不知道去了哪裡。

海涅有些憤怒，「明明說好抓到青蛙要請我吃好吃的，安妮大騙子！」

魯迦王抓了抓腦袋，「但是我們好像確實沒有抓到青蛙。」

海涅瞪大眼睛考慮了片刻，點了點頭，「也是，那算了。」

黑狼王約德瞇起眼看著天空，「這次也沒跟安妮閣下說上話，只是跟這群蠢貨混在一起可不行，我得想點辦法……」

三天後，他們終於把大船推入大海，晴海部族的亞獸人和人類乘上回家的海浪，被海妖帶著以一種令人驚異的速度離去，經歷過一場大戰的白塔國再次平靜下來。

至少表面上，一切都風平浪靜。

聖光會因為王都內關於吉斯的傳言，面對了不少質疑，並沒有貿然反對人們對亡靈法師的推崇。而背地裡，在羅斯金王子的推動下，藉著王都拯救者安妮的聲勢，關於魔法師協會成立的提案也正式被提到了檯面上。

在白塔國王都再次覆蓋上積雪的時候，一位年邁的黑袍老嫗來到了這裡。

她拄著一根破破爛爛的木拐杖，每走一步都要顫抖晃動幾下，看起來就像是失去了所有水分的老樹根。

街邊的孩子好奇地看著她，老嫗扭過頭，從身上的口袋裡顫抖著摸出一塊糖果，對他露出笑容招招手，「過來，孩子，要吃糖嗎？」

孩子有些猶豫，這個老婆婆長得實在有些嚇人，但她手裡的糖又似乎格外甜蜜。最終，孩子還是沒有戰勝糖果的誘惑，小心翼翼地來到她跟前，吞了吞口水，朝她伸出手。

老嫗卻把手收了回去，她露出笑容，「這可不是白白給你的，只有好孩子才有糖果吃。」

「我是好孩子！」孩子認真辯駁。

老嫗笑道：「是嗎？那讓我來問問好孩子，你今天有沒有好好吃飯？」

「吃了！」孩子大聲回答。

「真乖，好好吃飯才能長成有力氣的男子漢。」老嫗慈祥地笑了，只是她一笑，臉上的皺紋擠在一起，顯得更加可怖。

在孩子期待的眼神裡，老嫗給了他一塊糖。

「還有第二個問題。」老嫗溫和地看著他，「這裡來過亡靈法師嗎？」

「亡靈？」孩子顯然有些困惑，似乎還不太明白這個詞的含義，但最近王都新出現的那位大人物名字裡，好像有這個詞，他不太確定地說，「好像是有的，退治了王都洪水的那位安妮大人，好像是一位亡靈法師。」

「真棒，你不僅是一個好孩子，還是聰明的孩子呢。」老嫗帶著笑容，給了他兩塊糖，她動作緩慢地彎下腰，打量著這個孩子，低聲問他，「那麼，你要不要做我的孫子呢？我會給你很多很多糖吃的。」

孩子愣了一下，忽然感到一陣害怕，他小幅度地往後退了一步，然後猛地哭喊著往回跑，「媽媽、媽媽！救命啊，有老巫婆！」

老嫗並沒有去追他，只是吃力地扶著腰站起來，自言自語地碎念著：「唉，真是沒禮貌，怎麼能叫人家老巫婆呢。不過既然有家人，那就算了。」

她走在大街上，繼續尋找著自己的目標，這次她看向一位站在路邊休息的青年，問他：「你好，年輕人，我想問問最近在這裡出現的，安妮大法師的事情。」

青年一開始顯然被她的臉嚇了一跳，但很快地抓了抓頭反應過來，「啊，安妮閣下，她雖然是亡靈法師，但卻是一位大好人。不，不對，也不能這麼說，王子殿下說了，我們不能帶著歧視看人，怎麼說來著？

「啊，對！安妮閣下是一位亡靈女巫，正是她讓我們意識到，我們曾經對亡靈法師的偏見有多麼愚蠢，魔法本身沒有善惡，使用魔法的人才有善惡！」

老嫗聽著他背書一般說出這段話，眼裡忍不住染上點笑意，她點點頭，「這樣啊，真是了不起的見解。我都想見見這位安妮閣下了呢，請問，去哪裡能夠見到她呢？」

青年搖搖頭，露出惋惜的表情，「她已經離開了，真是一位低調的大人物，她都沒有接受王族的感謝宴，也沒有接受盛大的遊行就離開了。」

老嫗也跟著露出惋惜的表情，「錯過了啊，真是可惜。」

「就是啊。」青年附和。

說著，她忽然轉頭看向那位青年，露出笑容，「對了，冒昧問一下，你想成為我的孫子嗎？」

青年看著她的表情一下子變得有些詭異。

安妮和里維斯乘著骨鳥，降落在金獅帝國王都郊外。

她看了眼城門口檢查的隊伍，和里維斯對視一眼，直接打開傳送門踏了進去。

兩人閃現在街邊的小巷子裡，里維斯確認自己的大半張臉都包裹得嚴嚴密密，這才轉過身對安妮點點頭，「好了。」

安妮上上下下打量他一遍，老實評論：「我覺得你這樣反而更可疑，走出去人家絕對會盯著你看的。」

里維斯沉默了半晌，有些無奈，「但是，這裡的居民恐怕對我的臉相當熟悉，如果不遮好一點……」

安妮摸著下巴沉思片刻，突然開口：「如果你不嘮叨我不整理口袋，我就找一個更好的東西給你。」

里維斯的目光突然變得有些複雜，「安妮，我記得妳在很久之前就答應我，要整理口袋了。」

安妮理直氣壯地還嘴：「但是我們遇上了特殊情況！這不是被命運趕著走嗎？小命還是比口袋重要，對吧？」

里維斯嘆了口氣，「好吧，我保證不說妳，妳要給我什麼？」

「是一個面具，之前看著好玩買的！」安妮開心地翻找起自己的口袋，突然又板著臉抬起頭，「也不許用那種皺著眉頭的眼神看我！」

里維斯有些無奈地捂住自己的眼睛，「抱歉，我稍微有點克制不住，我現在都不知道該做什麼表情。」

「就像平常那樣看我嘛。」安妮笑著說，拿出那個白鐵面具，照著里維斯的面孔比劃了一下，「就是這個啦，我覺得你戴上應該還挺合適的。」

里維斯含笑接過那個面具，他把面具扣到臉上，藉著眼神被半張面具擋住，低聲問：「我平常……是怎麼看妳的？」

安妮愣了一下，隨後轉過身含糊不清地說：「嗯，就是那種，溫柔的……什麼的。」

里維斯戴上面具，雖然偶爾也會有人好奇地看過來，但在偶爾行走著冒險者的街道上，也不算過於顯眼。

里維斯打量著王都，看著沒什麼變化的街道和表情平和的普通居民，他稍微鬆了口氣，「看起來沒有什麼太大的變化。」

安妮伸了伸懶腰，「那就好，至少這次應該不會有火龍復甦這種大事了吧。」

里維斯微微一笑，「金獅帝國附近倒是沒有類似的傳說。這次要擔心的，應該只有我們西方的鄰居——魔族了。確認了格林的安危，還有王都的那位菲爾特究竟是誰之後，就可以去魔土尋找妳的家人了。」

「嗯。」安妮點點頭，補充一句，「找回她們之後，要請我嘗金獅帝國的美食！」

里維斯忍不住笑了，「就算妳這麼說，妳也根本吃不了多少東西。」

「那我也要嘗嘗味道。」安妮不滿地抗議。

里維斯往前走了幾步，忽然轉頭看向另一邊，他略微猶豫了一下，對安妮說：「安妮，可以先去其他地方嗎？」

「好啊。」安妮隨口答應。

里維斯一愣，「妳不問問我要去哪裡嗎？」

「我們可以邊走邊說。」安妮走到他身邊，問，「去哪裡？」

里維斯摸了摸自己放在胸口的徽章，他垂下眼，「我想……把他們的徽章送回去，可能會費點時間。」

「啊。」安妮想起埋葬在永夜之森裡的那些騎士，微微點頭，「你知道他們住在哪裡嗎？」

「嗯，我們關係很親近，就像是真的兄弟，偶爾也會上各家串門。他們很多人已經成家了，我大概還能說出他們妻子的拿手好菜，還能想起他們家長輩的嘮叨。」里維斯略微露出懷念的神色，他看著手心的徽章，「雖然不能把他們的屍骨帶回來，至少，讓我把這個交給他們的家人吧。」

里維斯帶著安妮往城中的居民區走去，這裡有一排漂亮的紅頂房子。安妮好奇地打量著，「這裡看起來不像是貴族住的地方，不過我覺得也很不錯，能和鄰居靠得很近，打理得也很乾淨。」

里維斯仰頭看著這一排房子，「獅心騎士團並不都是貴族，很多人也只是平民，甚至也有出身貧民窟的人。」

安妮眨了眨眼，「我聽說大部分騎士都是貴族，至少其他國家是……一般平民甚至都買不起騎士的盔甲和佩劍。」

里維斯微微點頭，「以前金獅帝國也是這樣的，但我的祖父決定讓騎士團對平民打開大門。」

安妮想起了金獅帝國王室的祖先，瞭然地點頭，「因為你們並不在意出身，你們崇尚無畏的勇氣和不屈的靈魂，對吧？」

「很榮幸妳記住了我們的家訓。」里維斯露出笑容，「但當時我的祖父，或許並沒有考慮這麼多。在與平民共慶的某場慶典上，某個衣衫襤褸的孩子問他『我不能成為英勇的騎士嗎？』……我之前說過，我的祖父是個有點衝動的武力派，他還沒與眾多貴族通氣，就自作主張回答了。

「他說：『所有擁有騎士品德的人都能成為騎士。』」

安妮想像了一下這個情景，忍不住笑出了聲，「啊，那貴族們一定要氣壞了吧。但國王陛下的話是當著國民的面說的，誰也沒辦法讓他反悔。」

「是的，在當時，很多貴族騎士甚至把這當成一種侮辱，許多騎士團也私下表露了態度，拒絕平民的加入。」里維斯看了看安妮的側臉，確認她對這個故事挺感興趣，這才接著往下說，「我的祖父沒有辦法，這才創建一個新的騎士團，獅心騎士團。

「最開始的時候，這是一個純平民的騎士團，但因為經常被其他騎士團羞辱，祖父為了制止這種情況，就讓我的父親加入了獅心騎士團。」

安妮感興趣地點了點頭，「里維斯的父親原來也是騎士啊。」

「是的，他是一位了不起的騎士。」里維斯露出尊敬的神色，「他率領獅心騎士團在演武慶典上打敗其他騎士團，也出色地執行不少任務。

「現在，提起獅心騎士團，所有人都會覺得這是金獅帝國的驕傲，但他們的尊貴並不與生俱來，這些榮光，都是他們用自己的雙手，一點點掙取來的。」

安妮看著他眼睛裡的光彩，忍不住也挺起了胸膛，「真厲害。」

雖然好像和她沒什麼關係，但她也不由自主地跟著驕傲起來了。

里維斯微微露出笑容，突然停下腳步，側身躲進陰影裡，似乎是不想被什麼人看見。安妮也跟著他停下來，她看見那一排房子前，有幾個結伴工作的婦女，有人身邊還跟著半大的孩子。

儘管她們看起來過得並不差，有的人臉上還帶著笑，但里維斯還是不可抑制地露出悲傷的神色。他從手中遞出幾枚徽章，交到安妮手裡，低聲問：「安妮，可以幫我悄悄把徽章放過去嗎？」

安妮點點頭，幾隻骨手神不知鬼不覺地把徽章悄然放在了窗臺上。

兩人轉身離開的時候，安妮聽見有一個孩子問：「咦，這是什麼？」

稍長的沉默後，他們身後響起了壓抑的、低低的抽泣聲。

接著他們去了某位貴族的宅邸，將徽章悄然放在了某位年邁貴族的書桌前。

也去了貧民窟，將徽章放在某位孤兒出身的騎士藏酒的地窖旁邊。

安妮看著里維斯把一個個徽章送出去，就好像在進行某種極具儀式感的告別——直到剩下最後一枚徽章。

安妮從路人嘴裡打探完消息，轉頭看向等在一邊的里維斯，「看樣子是搬家了，他的妻子現在好像在下城區，再過去看看吧？」

里維斯只能點頭。

安妮好奇地看著最後的徽章，「這個徽章是誰的？」

「傑森。」里維斯說出一個安妮並不熟悉的名字，他看著那枚徽章，「傑森……他稍微有些特殊。他出身貧民窟，在進入騎士團前，曾經當過鐵匠、麵包學徒等，做過很多工作，而他的妻子，是一位貴族小姐。」

安妮驚訝地瞪大眼睛，「這可真少見。」

里維斯有些無奈，「我記得很清楚，因為當時還是我跟尤莉卡出面調解的。儘管並沒有相關的法條，但金獅帝國的許多老貴族還是認為，和平民通婚是一件辱沒血統的事情，更別說是跟貧民窟的傢伙了。

「那時候，這件事鬧得相當大，他們甚至打算動用私刑。當然，這一切沒有發生。那位貴族小姐，甘願放棄了自己的貴族身分和所有財產的繼承權，她離開家裡，在我和尤莉卡的見證下，和傑森組成了家庭。

「我記得後來，她跟著尤莉卡……尤莉卡那時候說要成立一個血薔薇女騎士團，她第一個加入了。尤莉卡拉著我過去幫她們做過幾次訓練，我記得她的名字，是叫——漢娜。」

安妮有些惋惜地看著那枚徽章，「聽起來是一位了不起的貴族小姐，也不知道她一個人搬去哪裡了。」

里維斯握緊那枚徽章，不知道是在安慰自己還是安慰安妮，「一定沒問題的，他們都是溫柔又強大的人。」

兩人來到了路人新指的方向，這裡已經是貧民窟邊緣，看來這位貴族小姐目前的家境也並不富裕。

安妮再次跟周圍的人確認了一下，總算是找到了正確的門。

安妮在窗前踮起腳尖，偷偷朝裡面張望，回頭跟里維斯點頭，小聲說：「有人在！」

里維斯微微點頭，也側身在窗口看了一眼，「是她。」

他把手裡的徽章交給安妮，骨手悄悄把徽章放在了餐桌上，屋主一回身就能看到。

兩人才剛走出一段距離，對方卻忽然推開了門，帶著疑惑低喊了一聲：「是誰？傑森？」

里維斯沉默地背對她，沒有回頭。

安妮看了他一眼，跟在他身邊，打算就此離開。

對方卻好像並不死心，她不知朝著誰問：「我知道你在這裡，你究竟是誰，至少告訴我，傑森究竟是怎麼死的！」

安妮神色微動，看來家屬們也早就知道騎士們的死訊了。也對，畢竟里維斯的死訊已經託格瑞雅傳來了，隨行的騎士既然毫無音訊，很容易就能想到是全軍覆沒了吧。

安妮看見里維斯沉默著握緊拳頭，低聲提議：「不然還是見見她吧。王室應該已經知道你被亡靈女巫操控了，而且說實話，這也不是什麼了不起的祕密。」

「嗯，我明白。」里維斯抬起頭，露出苦笑，「也許我只是找理由，不想面對她們的痛苦。」

他說著，終於轉過身。

安妮也總算有機會看清那位傳聞中的貴族少婦，她穿著一身便於活動的俐落裙裝，上半身甚至還有半塊輕甲，不愧是加入了血薔薇騎士團的女騎士。

女騎士遲疑著看向戴著面具的里維斯，似乎是不敢相認，里維斯伸手略微摘下一點面具，低聲問候：「好久不見，漢娜。」

漢娜的眼裡一下子湧現出悲傷，但她沒有流下眼淚，也沒有驚叫出聲，她快速打量了一眼周圍，拉開門說：「請先進來吧。」

出於謹慎，她甚至沒有喊出里維斯的名字。

里維斯和安妮進入屋內，安妮小心地瞥了一眼，屋內大多數東西都很舊了，但擺放得很有條理，那邊的衣架上還掛著一頂男士的禮帽，看起來許久都沒有動過了。

安妮收回了目光。

漢娜請他們坐下，找出一個有些舊的鐵罐，打算幫他們泡茶。

里維斯搖搖頭，「漢娜，不必了，我……」

漢娜燒水的手一頓，她露出抱歉的笑容，「我差點忘了，您已經……死去了。

「我無論如何也曾經是公主的近衛，白塔國公主傳來的消息，我也看到了。這位，就是傳聞中驅使王子的亡靈女巫吧？看起來，似乎和傳聞裡有些不一樣。」

里維斯點點頭，「我是自願和她定下契約的，傑森他……」

「我知道。」漢娜有些生硬地打斷他，「我已經知道了。我之前那麼說，只是想激你出來。我之前剛從紅房子那裡回來，他們說有人送來了徽章。我猜會是你，所以就回來等你了。」

「這樣啊。」里維斯露出苦笑，將手裡的徽章遞給她，「妳一直是一個聰明的女孩。」

漢娜沉默地看著那枚徽章，她到現在為止的堅強偽裝終於產生了一絲裂痕。她竭力忍住了即將溢出眼眶的淚水，伸手鄭重地接下這枚徽章。

漢娜低聲問：「殿下，傑森他沒有讓您失望嗎？」

里維斯誠摯地回答：「傑森從沒有讓我失望。」

漢娜用力眨了眨眼睛，把徽章在自己裙襬上擦了擦，小心地放進口袋裡，她說：「那就好，這樣至少他能配得上他的墓誌銘，我為他寫了——一位正直勇敢的好騎士。」

安妮看著沉浸在悲傷裡的兩個人，有些為難地左看看右看看，她倒是很想出聲安慰，只是好像有些唐突。

漢娜深吸一口氣冷靜下來，她看向里維斯，低聲問：「里維斯殿下，即使變成亡靈您也要回到這裡，是為了幫他們復仇嗎？」

「我已經殺死了背叛者。」里維斯如實回答，「我現在回來，是想調查金獅帝國內發生的事。漢娜，格林他怎麼樣了？還有菲爾特……」

「是嗎？已經復仇了。」漢娜垂下眼，也在桌前坐下，「看來您已經知道金獅帝國發生的大事了，請不用擔心，雖然國王和王后離世，但格林殿下撐住了局面，並沒有讓金獅帝國陷入動盪。

「菲爾特閣下受了傷，他的喉嚨破損了，說話聲音沙啞，性格也變得沉穩了不少。最近王都剛剛安穩下來，格林殿下需要靜養，許多事都靠菲爾特閣下撐著。原本那樣自由的人變成現在這樣，想必也是相當受打擊。

「公主她……前一陣子她的棺木已經走過了勇敢者大道，安葬在了王室的墓園裡。」

里維斯皺起眉頭，「也就是格林，已經很久沒出現了嗎？」

漢娜一愣，認真思索了一下，「格林殿下確實很久沒有露面了。」

安妮和里維斯對視一眼，同時在對方眼裡看見擔憂，上一次格瑞雅公主很久沒出現，可沒什麼好事。更何況這個「菲爾特」，總還是讓人覺得有些奇怪，破損的喉嚨，性情大變……不會是假冒的吧？

安妮想了想，也問她：「妳能確認公主已經死了嗎？」

漢娜有些疑惑，「所有人都說……當然，棺木從大道走過的時候，民眾是看不見裡面的，但……」

「也就是有造假的可能。」安妮看向里維斯，「我覺得還是該去王宮看看。」

里維斯微微點頭，漢娜卻皺起了眉，「兩位，如果你們要進入王宮，我覺得……或許選擇悄悄潛入比較好。」

里維斯神色微動，「為什麼？妳覺得我們會遇到阻攔？」

漢娜抿了抿唇，「如果是曾經，只要您出現，王宮守衛哪怕知道您現在是一個亡靈，也會選擇相信您的。但是……自從那次遇難之後，事情有了些微妙的變化，我懷疑王宮內出了什麼事。

「侍從和護衛都被大換血了，尤其是曾經在菲爾特殿下和尤莉卡殿下身邊的人。我是尤莉卡殿下的近衛騎士，照理來說，至少該讓我護送她的遺體，但是我卻被調離了王宮，成為了這裡的治安官。」

里維斯皺起眉頭，如果說格林收到了關於叛徒的消息，以防萬一進行了換血，也是說得過去的，但漢娜這麼一說，這件事又確實透著一絲詭異。

為什麼單單換掉尤莉卡和菲爾特身邊的人？

漢娜開口：「所以我想，你們……」

她話還沒說完，門口忽然響起了砰砰的敲門聲，安妮挑了挑眉毛。

「喂，女騎士大人，您在不在呀?哈哈!」

「哦，別打擾她了，早上被我們找過麻煩，現在我們英勇的血薔薇騎士殿下，說不定正躲在被窩裡哭泣呢!」

「什麼血薔薇，早就解散了!她現在就是治安官而已，哈哈，要不是看在她曾經是貴族出身，這樣的位置哪裡輪得到她一個女人!」

安妮動了動手指，表情不太愉快地正要站起來，漢娜卻伸手按住了她的肩膀。漢娜走向門口，隨手拿起擺在門邊的木劍，回頭朝他們笑了笑，「不用擔心，只是一群上不了檯面的小混混而已，對付混混不用真刀真槍，對吧?」

說著她走出去，隨手關上門，安妮好奇地湊到窗口偷看。

「別擔心。」里維斯說，「她是一名貨真價實的騎士。」

話音未落，門外響起小混混們的慘叫。

「哇哦。」安妮感嘆一聲，「好乾脆俐落的身手，有你的風範。」

「是獅心騎士團的風範。」里維斯微微一笑，「傑森平日裡總是跟我們吹噓，他是如何教自己的夫人練習劍術。」

安妮回到桌邊，等著漢娜回來，隨口回答一句：「你也可以教我，我現在很感興趣。」

里維斯略微一愣，然後微微點頭，「好。」

就在兩人以為事情已經結束的時候，門外又響起了不少紛亂的腳步聲，有一個趾高氣昂的聲音響起，「喂，治安官就是這樣毆打良民的嗎？這也太過分了吧！」

安妮剛剛坐下，又站起來探出腦袋看，「哇，穿得好華麗，又綠又藍，像一隻花孔雀。」

「啊，是霍布森家的。」只聽她這個描述，里維斯就露出了一副瞭然的表情。

「聽起來不是什麼好傢伙，他帶了不少人。」安妮站到了門口，「你不方便出手，就交給我來吧。」

里維斯還來不及制止，安妮就已經打開門邁了出去，對著漢娜露出笑容，「需要幫忙嗎？」

漢娜似乎有些意外安妮居然站了出來，她搖了搖頭，「不用擔心，只是一個有些臉面的小混混而已。」

「聽起來似乎比剛才的高級一點。」安妮點點頭，就在門口蹲下，「那我就不插手了，需要幫忙可以隨時喊我喔。」

霍布森家的花孔雀原本還警惕著這個突然出現的少女，一聽到漢娜的形容，立刻怒火攻心，一揮手道：「把她給我捆起來，我要指控她濫用職權！」

漢娜輕蔑地笑了一聲，「你不過就是記恨當年追求公主被我攔下而已，真是小心眼的男人。」

「這樣啊。」安妮板起臉看向花孔雀，「那我覺得是你不對喔，我建議你道歉。」

「別多管閒事！」霍布森漲紅了臉，趾高氣昂地說，「即使是金獅帝國的公主，也不過是個沒活過二十歲的短命鬼，哼！」

安妮聽見屋內傳來「砰」的一聲，她露出憐憫的表情，「啊，你這個白痴，現在道歉也沒救了喔。」

——《亡靈女巫逃亡指南02》完

Getaway Guide for Necromancer

SIDE STORY

【里維斯的童年】

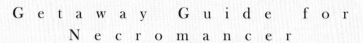

金獅帝國王室，在其他人眼中，一直是強大堅韌的騎士象徵。

騎士出身的金獅國王西德尼．萊恩身材高大，據說年輕時曾徒手打死過諸多凶惡的魔獸，不少騎士都以曾經與他一同待過獅心騎士團而感到驕傲。

而他的妻子，出身大貴族家的優雅王后羅賽蒂．珊卓，溫柔賢淑，總是帶著溫溫和和的笑意，雖然身體有些孱弱，但卻和西德尼陛下恩愛異常。

他們擁有的第一個孩子格林．萊恩，被寄託了眾人的期望，然而他繼承了母親的病弱身軀，並不能像西德尼陛下一樣成為一個優秀的騎士。

國王王后並沒有因此對他失望，他們讓這個孩子根據自己的特長學習文史知識，他同樣展露了驚人的天賦，只不過格林那不同於一般孩子、過於早熟的性格，也讓兩位家長操碎了心。

他們很快有了第二個孩子，雖然王后有些擔憂他的健康，但依然對他的降生滿懷期待。

在國民的祈禱中誕生的菲爾特．萊恩是一個健康的孩子，這個孩子總算讓西德尼陛下和羅賽蒂王后體會到了為人父母的辛苦，他簡直是調皮搗蛋十項全能。

自從菲爾特學會說話走路以來，就會搖搖擺擺地跟在王宮內最漂亮的侍女身後，仗著自己天使一般的面容撒嬌賣乖，奶聲奶氣地說：「姐姐，抱。」

儘管羅賽蒂王后擔憂他將來會不會成為一個浪蕩子，西德尼陛下卻相當看得開。

「依我看，這小子以後說不定很會討女孩子的喜歡，哈哈！」

但即使國王王后基本上屬於放養狀態，菲爾特也沒有長歪，這也要多虧他那個盡心盡力的哥哥格林。

每次菲爾特跟在侍女身後，撒嬌賣乖要抱抱的時候，格林就會出現，攔下侍女伸出的手。

「菲爾特，來吧，哥哥抱你去看書。」

這時候無論菲爾特怎樣大哭鬧脾氣也沒有用，擁有鋼鐵般意志的格林殿下絲毫不會動搖，會堅決地把他帶進書房，認真學習一整天的諸國歷史。

羅賽蒂王后真誠地希望自己的第三個孩子能夠折中一點，不用那麼少年老成，也不用那麼會胡鬧。

里維斯就是那第三個降生的孩子。

國王陛下相當憂愁，「怎麼都是一些臭小子，我也想要一個像羅賽蒂那麼漂亮的小女兒。」

笑容溫柔的羅賽蒂王后趁著侍從們沒有注意到的時候，伸出手捏住了西德尼陛下的後腰肉。

儘管她一點力氣也沒有用，身材高大的國王陛下已經渾身緊繃了。

「陛下，您不喜歡這個孩子嗎？」羅賽蒂王后露出溫柔的笑容。

「不不不！」西德尼陛下立刻反駁，「怎麼會呢？這是我相當期待的孩子，我覺得他和我年輕時很像啊！以後一定能成為一個優秀的騎士！

「菲爾特訓練起來總是喊累，希望這個小傢伙能讓我過過老師的癮，哈哈！」

羅賽蒂王后這才露出柔和的笑容，「我們的里維斯看起來是個溫柔的孩子呢，你看他，一直在笑。」

里維斯就如羅賽蒂王后期待的那樣，沒有格林那般少年老成，也沒有菲爾特那麼會到處蹦蹦跳跳，是懂事乖巧、有點黏大哥格林的可愛孩子。

但很快他們就發現了這個孩子的不尋常之處——他繼承了西德尼陛下那樣的一身蠻力，不，甚至有過之而無不及。

西德尼陛下對此相當滿意，經常讓里維斯騎到自己的脖子上，也不管這個孩子聽不聽得懂，就開始跟他講述自己當年當騎士時的光輝往事。

羅賽蒂王后擔心地看著他們，生怕自己有些粗心大意的丈夫一個不小心就把孩子摔下來，聽著聽著，忍不住開口揭穿他的真實形象。

「你也不只這點光輝事跡吧？我記得你還曾經滾進沼澤裡，和一頭亞龍種的魔鱷搏鬥之後，竟然一路扛著它的屍體，耀武揚威地回到了金獅帝國王都。

「那時候你渾身是泥，守衛根本認不出你是誰，還以為是哪裡來的野人。還是有人打了一桶水來讓你洗了臉，才確認了你的身分，把你放進來。

「結果你不回去好好梳洗一下，居然就拖著那條魔鱷一路來到我家門前，說要把這個送給我。你要知道，當時我家的老管家一開門看見這些，險些嚇得昏厥過去。」

西德尼陛下根本不覺得羞恥，他哈哈大笑道：「我那時候得意極了，滿腦子就想讓妳先看一看。」

羅賽蒂王后掩唇一笑，嘴上埋怨，眼裡卻滿是溫和的笑意，「真是的，你也不考慮一下我看見一個渾身是泥的野人，扛著一頭看起來能把我一口吞下去的魔鱷，說要送給我是什麼心情。」

西德尼陛下笑得更加高興，「我本來就是個笨拙的人，羅賽蒂，幸好妳並不嫌棄，哈哈！」

里維斯趴在父親的腦袋上，藍寶石一般的大眼睛眨了眨，看著他們，也學著父親的樣子「哈哈哈」笑了起來。

西德尼陛下高興地把他顛了顛，「沒錯，里維斯，豪邁的騎士就是要這麼笑，哈哈！」

里維斯：「哈哈！」

菲爾特從格林的書房裡探出一顆腦袋。

「今天的天氣真好啊，格林，父親和弟弟在玩什麼笑得這麼開心？我也想參加！」

眼看著他就要從窗臺偷溜出去，格林伸出一隻手勾住他的領子，「如果你傍晚前能看完這本書就可以，現在，回來。」

菲爾特抗議道：「你為什麼不抓里維斯！你已經有個新弟弟了，是不是該厭煩我了把我放走了！」

「他還不識字。」格林毫不留情地把菲爾特按在書桌前，「而且每晚我會為他講大陸通識知識當睡前故事，他很感興趣。」

「那是因為他還聽不懂！」菲爾特表示抗議，「等到能聽懂的年紀，他就知道要跑了！不過這樣也好，如果他逃跑我也逃跑，你只有一個人，至少能逃掉一個。」

菲爾特開始暢想美好的未來，但這點希望被格林無情地掐滅在搖籃裡。

「我會找人幫忙的。」格林面無表情地表示，「我沒辦法進行騎士訓練，我是不會和你賽跑的。」

即使年紀還小，菲爾特也知道不能攻擊別人的弱點，他抗議：「我才不會和你賽跑呢！我可不是那種欺負人的傢伙，但是相對的，你不覺得你讓我念書是在欺負我嗎？」

「不覺得。」格林毫無心理負擔。

書房的門被敲響，把一本幾乎和他一樣高的書舉在頭頂的里維斯跑了進來，把書舉到了格林眼前。

格林伸手去接，菲爾特順手幫他扛起那本分量不輕的書，忍不住感嘆：「這麼厚的一本書，真虧里維斯你能舉起來啊！」

「怎麼了，里維斯？」格林也有些好奇，里維斯為什麼這個時候過來找他。

里維斯眨眨眼，用還不太熟練的話說：「晚上，父親找，現在，念書。」

格林也忍不住帶上點溫和的笑意，「啊，這樣啊，晚上父親要找里維斯，沒辦法念睡前故事了，所以現在讓我講給你聽嗎？」

里維斯用力點了點頭。

菲爾特立刻眼睛一亮站起來，「既然這樣我就先……」

格林一把將他按下，里維斯學著哥哥，也一把按住菲爾特的另一邊肩膀。

「嗷！」菲爾特一聲慘叫，現在他是真的離不開這個座位了。

格林捧著巨大的書本為兩個弟弟講故事，書還沒翻過兩頁，菲爾特就一頭趴倒在桌子上，發出了滿足的輕鼾聲。

格林一邊念故事，一邊示意里維斯給他一拳，很快菲爾特就又發出一聲慘叫。

羅賽蒂王后偷偷躲在書房外面往裡瞧，看著自己的三個孩子這麼相親相愛，露出了滿足的微笑。

她原本以為這就足夠了，但沒想到她還有了第四個孩子。

這次終於如西德尼陛下期待的那樣，他們擁有了一位可愛的女孩。三位王子殿下第一次見到他們的妹妹尤莉卡的時候，她還在襁褓中，只看得見一雙標誌性的漂亮藍眼睛。

由最穩重的格林抱著妹妹，三個男孩湊在一起，跟她大眼瞪小眼。

菲爾特伸手戳了戳她的臉頰，有些欣喜，「喔，這是我們的妹妹，我覺得她將來應該會是個美人。里維斯，你不摸摸嗎？」

「我怕碰痛她。」

里維斯遲疑著伸出手，只敢稍微碰了碰襁褓，他有些疑惑，「她頭髮怎麼這麼少？」

下一個瞬間，尤莉卡猛地伸出手，一把抓在菲爾特臉上。

「啊！」菲爾特一聲慘叫，「又不是我說妳禿，為什麼打我！」

另外兩人對此已經見怪不怪了，格林擔當起大哥的責任，向里維斯普及生活常識。

「里維斯，大部分剛生出來的孩子頭髮都很少。」

里維斯乖巧地點頭。

菲爾特發出抗議，「喂，沒有人關心我英俊的臉龐嗎？」

西德尼陛下哈哈大笑，「傻小子，臉上的傷口是男人的勳章！」

「真是的，陛下。」

羅賽蒂無奈地搖搖頭，俯下身溫柔地摸了摸菲爾特的腦袋，「沒事吧菲爾特？還痛不痛？」

雖然只是一點點的傷口而已，但菲爾特還是大聲嚷嚷著痛，一頭鑽進了母親的懷裡。

西德尼陛下撇了撇嘴，伸手把他拎出來，「嘿，小子，放開我的妻子，你該學會自己堅強點了。」

菲爾特懸在半空張牙舞爪地抗議，羅賽蒂王后掩唇笑了起來。

為了慶祝公主殿下的出生，他們打算舉辦一個盛大的舞會，似乎有相當多國家的重要人物都會出席。

雖然西德尼陛下認為這和平常的舞會也沒有太大區別，但羅賽蒂王后卻已經忙前忙後好久，務必要讓一切都平穩進行。

三位王子穿上華服，好奇地看著他們還不會走路的妹妹也被細心打扮著。

她穿上一身蕾絲花邊的粉紅泡泡裙，為了掩蓋還沒有生長出茂密秀髮的腦袋，還戴上一頂寬大的遮陽帽。

菲爾特打量著自己的妹妹，做出評價：「她看起來像是一個套了花環的雞蛋。」

儘管菲爾特已經拉開安全距離，尤莉卡公主還是有所感應般盯住他，胖嘟嘟的小肉手握了握，似乎有攻擊的衝動。

格林嘆了口氣，「讓我再提醒你一下，菲爾特，這種話絕對不可以對其他女孩子說。」

「放心吧，我可不會對淑女說這種話。」

菲爾特換上彬彬有禮的笑容，「我想舞會上應該不會有跟尤莉卡一樣的小傢伙了。」

格林看了眼一言不發的里維斯，低聲詢問：「里維斯，你怎麼了？」

里維斯有些僵硬，「哥哥，我有點緊張。」

菲爾特拍著他的肩膀笑道：「拜託，里維斯，這沒什麼好緊張的，只要你不一把掀翻宴會的桌子，就不會闖出什麼禍來的。」

里維斯板著臉點頭，「我盡力。」

「啊？」菲爾特的表情有些茫然，他求助般看了格林一眼，「一般不是盡力吧，這是能保證的事情吧？」

尤莉卡舉辦的百日宴十分盛大，除了關係較好的各個國家之外，教會等各方勢力也都派來了使者獻上祝福。

這算是相當重要的一個環節，甚至可以說，整個百日宴就是為此而辦的。

也不知道尤莉卡有沒有聽進去羅賽蒂王后囉囉嗦嗦地告訴她的流程，反正她被侍女抱在懷裡，看起來就像是個懶得動彈的洋娃娃。

三位王子像三名年輕的騎士般站在尤莉卡身邊，菲爾特悄悄看了看尤莉卡，低聲和身邊站得像根筆直標槍的里維斯搭話，「尤莉卡是不是已經睡著了？」

里維斯充耳不聞，格林抬了抬眼。

「閉上嘴，菲爾特。」

菲爾特不依不饒，「真的，他們不是馬上就要來為尤莉卡賜福了嗎？萬一發現尤莉卡睡著了怎麼辦？」

格林嘆了口氣，但他也稍微有點擔心，略微側過頭，打算不動聲色地確認一下尤莉卡的狀態，結果他一轉頭，就看見菲爾特對著這邊做了一個大大的鬼臉。

格林見狀，說：「……菲爾特，你手裡拿著什麼。」

「什麼？」菲爾特有些故作茫然，然而他悄悄往衣袖裡伸了伸的手暴露了他。

「衣袖裡藏了什麼，拿出來！」格林感覺不妙，他挑了挑眉。

然而這種情況下，他也不能直接搜菲爾特的衣袖，第一位上前來獻上祝福的賓客已經站在臺階下了。

那是一名長相稍微有些刻薄的夫人，她的身分十分尊貴，但卻並不是很喜歡小孩子，尤其對調皮搗蛋的菲爾特格外討厭。

更重要的是，據說當年她也是王后身分的有力競爭者，因此偶爾會說些羅賽蒂王后的風言風語，尤其是關於她孱弱的身體。

看著踩著高跟鞋，束腰緊勒，寬大裙襬如同倒扣的碗一般的尊貴夫人娉娉裊裊地接近，菲爾特露出微笑，「好吧，我這就拿出來。」

「不，不是現在！」

格林已經幾乎猜到他打算做什麼了，然而他根本來不及制止，菲爾特從袖口中取出了……一條紙蛇，一條製作得十分逼真的黑色紙蛇，甚至還做了紅色的蛇信。

菲爾特帶著笑容把紙蛇從身後丟了出去，正扔在那位夫人的腳前。

夫人有些茫然地低一下頭，隨後她爆發出一聲驚天動地的尖叫，一個重心不穩就要往後倒下去，像一個被抽打的陀螺般旋轉起來。

「啊！」羅賽蒂王后驚呼出聲。

在里維斯的腦子開始轉動之前，他的身體已經下意識衝了出去，像一頭準備捕獵的小獅子一樣往前撲，一把拉住那位夫人束腰的帶子，阻止她摔落。

——當然，姿態不怎麼優雅。

「呃！」

夫人的臉龐有一絲扭曲，她的束腰帶子被里維斯拉在手中，剛剛那一下，讓她幾乎把肚子裡的所有食物都吐出來。

但眾目睽睽之下，這位年輕的王子救了她，她必須保持尊嚴，還要對他表示感謝。

周圍居然還響起了掌聲，賓客們讚許地看著這位動作矯捷的年輕王子。

有人高聲喝采：「第三王子年紀尚小，就已經有金獅皇帝當年的風範了！」

「是啊，那個矯健的動作，可看不出來是一個孩子！」

西德尼陛下臉上帶上滿意的笑容，微微點頭，「做得很好，里維斯。」

那位夫人艱難地挺著自己的腰，朝他露出笑容，「真是……多謝您了，王子殿下。」

里維斯根本沒想出這麼大的風頭，他有些茫然地睜著眼睛，有些不知道該怎麼回答。

「不必介意，這是一個騎士應該做的。」格林往下走了兩步，裝作毫不在意地把罪魁禍首的紙蛇悄悄踢進角落，「您還要獻上祝福呢，夫人。」

有了格林做示範，里維斯總算鬆了一口氣，他學著格林的樣子朝那位夫人微微低頭，「這是我應該做的，夫人。」

說完，他也不再多說什麼，轉身回到自己的位置上。

身邊的菲爾特大概是知道自己做錯事，他低著頭，有些不安，低聲說：「我知道錯了，哥哥。」

格林面無表情，「你只需要跟我道歉嗎？」

菲爾特垂下眼，「我沒想讓她摔下去，我只是想嚇嚇她，但我知道錯了。之後我也會跟父親母親坦白的，別生氣了格林，還有里維斯，你剛剛那一下可真厲害。」

格林開口道：「如果之後你每天都乖乖來書房讀書，我會考慮幫你隱瞞這件事。」

里維斯略微有些奇怪地側過頭，但那位夫人很快走到了近前，他暫且嚥下疑問，專心當一根柱子。

她露出微笑，「我祝福尤莉卡公主，擁有名震天下的美貌，這天下的年輕人都會拜倒在她的裙襬下，為她獻上想要的一切。」

羅賽蒂王后稍微皺了一下眉頭，她並不喜歡這個祝福，但她也不能在這種時候不給對方面子，正在她打算替尤莉卡感謝這份祝福的時候，西德尼陛下先開了口。

他哈哈大笑，「如果真的是這樣，那我這個做父親的可要為難了。我可不想那麼快就把我的小丫頭嫁出去，她也不必討那麼多人喜歡，哈哈！」

這算是帶過這個話題，也傳遞出一個信號，金獅帝國王室並不喜歡給尤莉卡公主關於外貌的祝福。

那位夫人昂著頭轉身離開。

格林看著她的背影，這才開口：「畢竟我也不喜歡她在背地裡說母親的壞話，這就當做一個教訓。」

接下來的祝福大多比較中規中矩，祝福尤莉卡健康長壽、聰明活潑、擁有幸福的一生等等。

菲爾特聽到後面，幾乎要打起瞌睡，里維斯倒是全程保持緊繃，格林甚至都擔心他會不會抽筋。

里維斯目光沒什麼焦距地掃了掃下一位獻上祝福的人，他和大部分會場內的賓客都不太一樣，至少穿著一眼看去就不太一樣。

里維斯眨了眨眼，這人穿著一身教士服，外面披著一件紅色的外袍，頭上戴著桂冠。

里維斯很少見到在國王王后以外的人戴桂冠，於是忍不住多看了幾眼。他回憶著格林當做睡前故事講給自己聽的大陸通識知識，這似乎是命運神殿的人，但他那時候還不知道紅衣主教，也不知道教皇。

只是憑感覺猜測，對方的身分應該不低。

教皇步步走向臺階上的王室，在一般的國家，如果是教皇親臨，那麼國王和王后為了表示尊敬，至少會站起來以示平等。

但金獅帝國是一個特殊的地方。

他們的王室從來不信仰任何神明，因此這位大名鼎鼎的金獅皇帝即使看到命運神殿的教皇親臨，也不過是露出微笑，根本沒有要站起來的意思。

而那位尊貴的王后也同樣帶著微笑，端坐在自己的后座裡，看他的眼神就像看其他所有賓客一般，沒什麼區別。

教皇站到獻祝福的那階臺階上，但他沒有停下，他繼續往上走一步，對著侍女說：「喔，可以讓我抱抱那個孩子嗎？」

西德尼陛下饒有興致地挑了挑眉毛，他稍微坐直脊背，只是這一個動作，就讓在座的不少賓客都有些緊張。

然而那位教皇沒有等待回答，他直接朝嬰兒伸出手。

侍女雖然也敬重教皇大人，但她顯然更尊敬國王和王后，因此並沒有將小公主送上去。

「教皇冕下。」羅賽蒂王后面露歉意，「抱歉，我的尤莉卡是個有些怕生的小丫頭，她恐怕不會乖乖被陌生人抱的。」

菲爾特附和道：「嘿，老頭，她會朝你臉上撒尿的。」

「噗哧。」會場裡響起了低低的笑聲。

「菲爾特！」

羅賽蒂王后難得有些失態，她很快掩飾了自己的失禮，尷尬地清了清喉嚨，「抱歉，但是這確實不太合適。」

菲爾特表面上害怕地縮了縮脖子，實際上朝格林和里維斯擠了擠眼睛。

格林相當無言，就算是想阻止對方抱尤莉卡，這個理由也太……而且尤莉卡似乎對被人說壞話相當敏感，他剛剛看見她盯著菲爾特在磨牙。

格林憐憫地收回目光。

里維斯皺緊眉頭，他沒由來地不喜歡這個教皇，就像是某種野性的直覺，這讓他稍微有點不安，簡直想攔在尤莉卡面前阻止對方接近。

教皇沒有勉強，他有些遺憾地搖了搖頭。

「我覺得我與這個孩子很有緣分，國王陛下，是命運指引我來到此地，不知你們是否願意讓尤莉卡公主到命運神殿受洗，我們希望能將她培養成神殿內的聖女。」

「哈哈。」西德尼陛下笑了起來，「看來我的寶貝女兒確實很討人喜歡，不，甚至也很討神的喜歡。」

「但我是一個小氣的父親，沒人能在我眼前帶走我的女兒，哪怕是神明也不行。」

他收斂笑意，會場的溫度一下子降低下來，極具壓迫感的視線讓所有人忍不住屏住呼吸，就連教皇都緊張起來，他原本覺得在這種場合下開口，國王陛下也不會把話說得太死。

但教皇沒想到這位國王真的如傳聞中一般好戰和強大，似乎根本不在乎這是什麼樣的場合！

就在教皇忍不住要先出手的瞬間，羅賽蒂王后的聲音響起，「陛下，別在孩子面前用這種語氣說話，你會嚇著他們的。」

她假裝沒看見菲爾特臉上的躍躍欲試，清了清喉嚨開口說：「教皇冕下，金獅帝國王室從不信仰神明，我們崇尚無畏的勇氣和不屈的靈魂，尤莉卡既然作為王室的公主，自然也是如此。

「但我們也從不與任何教會為敵，只要教會的諸位能讓國民活得更有希望，那麼無論是信仰神明抑或相信自己的信念，我想也都是同樣的。」

「這是拐著彎的說法。」西德尼陛下顯然不是很高興，他眯起眼，「直接一點的說法就是，別打我女兒的主意。」

「陛下，這是尤莉卡的百日宴，別把大家弄得不高興。」羅賽蒂王后掃了他一眼。

西德尼陛下就跟鬧彆扭的小孩子一樣，把頭扭到一邊，「好吧，我不說了，反正沒人能帶走尤莉卡。」

羅賽蒂王后無奈地搖搖頭，她掩唇一笑，「陛下可是十分疼愛這個小女兒呢，教皇冕下，不知道您打算送上什麼祝福。」

教皇眼中光芒閃動，他微笑著頷首，退後一步，「願她接受一切命運的饋贈。」

西德尼陛下雙手環胸，驕傲地抬起頭，「她是我的女兒，是驕傲的小獅子，她能夠面對一切命運。」

教皇深深看了他一眼，轉身離開這裡。

下一位祝福者穿著一件寬大的法師袍，他在和命運神殿的教皇擦身而過時幸災樂禍地笑了。

「我早和你說過了，金獅帝國的傢伙可不會相信你們命運神殿那一套，你非要去討人嫌，嘿嘿。」

里維斯有些好奇地看著那位頭髮和鬍子同樣茂密的老先生，他看起來像是哪個法師塔的法師。

「閉嘴，賽門。」命運神殿的教皇顯然和他關係不怎麼樣，他臉色難看地掃了他一眼，「怎麼，你覺得你就能替你們法師協會拉到人嗎？」

賽門法師聳了聳肩，「反正我也不強求，我只是好奇這位公主會不會有元素親和力而已。」

他露出笑容，也走上了祝福的臺階。

賽門法師走過去，正好尤莉卡抬起眼看他，這位有些活潑的老先生對著她做出一個鬼臉，尤莉卡瞪大眼睛看著他。

他忍不住笑了，從寬大的袖袍裡取出一顆水晶球，「尊敬的國王王后，我想讓公主測試一下元素親和力。」

這並不是什麼過分的要求，如果有意修習魔法，大部分貴族的百日宴上都會測試元素親和力，雖然金獅帝國王室以成為騎士為尊，但他們也不介意測測看。

羅賽蒂王后露出溫和的笑容，「拜託您了，賽門閣下。」

這位賽門法師也是相當有名的火系大法師，和一般喜歡困在法師塔裡研究魔法的傢伙們不同，他喜歡遊歷大陸，前往各個地方冒險，因此到現在都沒有建立自己的法師塔。

不過他似乎也沒有弟子，據說他對天賦的要求相當苛刻，不少貴族希望能成為他的掛名弟子，據說全被拒絕了。

這樣的賽門大法師居然出現在這裡，不由得讓人們猜測起來。先是命運神殿的教皇希望帶走尤莉卡公主去當聖女，如果現在傳奇火系法師賽門先生也希望收尤莉卡公主作為弟子的話，這位公主果然是什麼了不起的人物吧？

無視滿堂賓客的竊竊私語，賽門先生把水晶球遞給尤莉卡，尤莉卡好奇地看著那個亮閃閃的東西，卻沒有貿然伸手去摸。

賽門先生忽然笑了一下，他稍微傳出一點魔力，整顆水晶球中心立刻亮起一朵精純的紅色火花。

「呀！」尤莉卡眼睛一亮，小腿一蹬就要坐起來。

賽門先生再次將水晶球遞到尤莉卡面前，尤莉卡正要伸手，賽門先生忽然又把水晶球收了回來，像報復她剛剛不理會自己一般讓她撲了個空。

尤莉卡有些茫然地張了張嘴。

「噗哧。」菲爾特忍不住笑了出來，「法師先生，您當心等一下保不住自己的鬍子，這小丫頭可記仇了。」

「是嗎？」

賽門先生笑道，看起來並不在意，他終於把水晶球放到尤莉卡手心，在他的引導下，尤莉卡盯著那顆水晶球，無意識地朝著裡面傳送了自己的魔力。

一剎那，耀眼的火光升騰而起，那顆水晶球宛如太陽般閃閃發光。

滿座賓客譁然，這位金獅帝國的公主殿下，居然真的是一位天賦卓絕的火系法師！

尤莉卡造成的火光更強烈，當然不是說她的天分比賽門先生更強，她還不會控制，因此根本無法像賽門先生一樣讓水晶球中央燃起一朵火花。

但這樣的強度，確實也是十分罕見，當得起一句天才了。

賽門先生眼中閃過一絲讚賞，「看來我這一趟果然沒有白來，西德尼陛下，尤莉卡公主的火系元素親和力十分驚人，想來會十分適合成為一位火系法師。

「當然，她現在還小，如果將來有這個想法，可以透過魔法師協會尋找我，我非常願意成為她的老師。」

看到自己的女兒天賦卓絕，西德尼陛下顯然也十分高興，他大笑著點頭，

「如果這個孩子真的對魔法感興趣，沒有人會比你更適合成為她的老師，賽門先生。

「但如果她對別的感興趣，那麼我也不會干涉她。我只想讓她做這世界上最快樂的小丫頭，當不當大法師，其實也不那麼重要。」

賽門先生哈哈大笑，「我理解、我理解，我如果有這麼一個可愛的女兒，也會這麼寵著她的。

「那麼，讓我獻上我的祝福吧。

「尊敬的尤莉卡公主，我祝願您，如火焰般熱情，擁有火焰般生生不息的生命力，以及能從灰燼裡重生的意志力。」

尤莉卡還聽不懂他在說什麼，但剛剛亮起的火光十分漂亮，這麼聲勢浩大的場面讓尤莉卡很高興，她愛不釋手地捧著那顆水晶球，似乎根本不打算還給法師大人了。

賽門先生有些哭笑不得，「嘿，孩子，妳得把它還給我，我就只有這麼一顆水晶球啊。」

「啊！」尤莉卡抱著球，怎麼也不肯鬆手，癟了癟嘴，似乎要哭出來了，她求助般轉頭看向自己的三個哥哥。

菲爾特第一個動搖，「啊，法師大人，她好像真的很喜歡那個……」

里維斯摸了摸腰間，似乎想找出什麼東西來和賽門先生交換，「我、我帶了匕首，上面有寶石！」

「咳。」格林清了清喉嚨，「失禮了，法師閣下。我知道水晶球是法師常用的特殊道具，王國的寶庫中應該也有水晶球，不知道這個您能不能割愛給她？之後我去將寶庫中的取來，我保證，不會比您這個品質差。」

「哎呀、哎呀，可真是受哥哥寵愛的小女孩呢。」賽門先生忍不住笑了起來，他彎下腰看著尤莉卡，「好吧，我也沒有那麼小氣嘛，今天是妳的百日宴，送給妳也不是不可以。但妳的天賦既然這麼高，我也想看看妳的悟性怎麼樣。」

賽門先生忽然擠了擠眼，「來，小傢伙，跟著我做。」

他伸出手指，畫了一個圈，低聲念道：「火焰中誕生的精靈。」

「啊！」尤莉卡還不會說話，但她依然伸出食指學著他的樣子轉一個圈。

「很好。」賽門露出讚許的微笑，「請借給我妳的力量。」

他話音剛落，指尖就燃起了燭光般小小的火焰，然後「噼啪」一聲爆開一團小小的煙火。

尤莉卡瞪大了眼睛，她學著「啊」了一聲，然後指尖居然真的燃起小小的燭火。

賽門的笑容僵在了臉上，他根本沒想到尤莉卡會成功，在他眼裡，尤莉卡還沒有學會說話，就根本沒辦法溝通元素精靈。

但這……

場中其他人的震驚完全不比他少，不少人直接驚呼出聲。

「天吶，真的天才！」

「這、這……怪不得命運神殿也要來搶人，他們難道也看出了公主的天賦？」

「啊！」抱著她的侍女顯然也嚇了一跳，但她依然緊緊抱著尤莉卡，即使畏懼那團火光也沒有鬆開手。

尤莉卡似乎意識到自己讓人害怕了，她一隻手拍了拍侍女，然後把手裡的燭火扔出去，嘴裡還模擬著「啪」的聲音。

賽門先生還處在震驚中，完全沒料到尤莉卡摔出的那團火焰會迎面而來，直接點燃他的鬍子！

「啊！」羅賽蒂王后驚慌地站起來。

「先生！」里維斯一把抽出了腰間裝飾性的匕首，他大喊一聲，「菲爾特！」

他們總是在一起訓練，菲爾特迅速明白了里維斯的意思，他立刻往前一步繞到了賽門先生身後一把制住他，阻止他摔落也防止他反抗被誤傷。

而里維斯手握小刀，毫不猶豫地一把割下法師著火的鬍子！

有些呆滯的賽門先生愣了片刻，才伸手摸了摸自己沒有著火，也基本上沒有了的鬍子。

他苦澀地笑了笑，忍不住摸了摸自己的脖子，「這、這可真是感謝你，里維斯王子……不過我剛剛差點以為你要割斷我的脖子。」

「失禮了。」里維斯不好意思地低下頭。

菲爾特把賽門先生扶直，笑著說：「我說什麼來著？法師大人，你的鬍子保不住的，那小丫頭超記仇呢。」

格林握緊的拳頭總算鬆開了，他目光複雜地看著自己的兩位兄弟。

賽門法師目光複雜地看了一眼尤莉卡公主。

這次的百日宴實在說不上順利，意外出現得太多了一些，羅賽蒂王后忍不住長出一口氣，坐回了座位上，顯得有些頭痛。

「咳。」西德尼陛下清了清喉嚨，「之後我一定會好好教訓這些胡鬧的傢伙，您沒事吧，法師閣下？」

然而嘴上這麼說，等到宴會結束的時候，他一把摟住自己的三個兒子哈哈大笑。

「你們可真行啊，臭小子，哈哈哈，這可真是我參加過最熱鬧的宴會！哈哈，有你們這群傢伙，看來以後就算是舞會也不會無聊了，哈哈哈！」

格林忍不住清了清喉嚨，「父親，穩重點。」

「咳。」羅賽蒂王后也清了清喉嚨。

看到自己妻子露出熟悉的表情，西德尼陛下的笑聲逐漸低了下來，他抓了抓頭，把懷裡的三個小子一把拎起來，按照高矮在牆邊一個個排好，轉頭露出討好的笑容。

「我已經在教訓他們了，夫人……」

「你也站過去。」羅賽蒂王后毫不留情。

最後西德尼陛下只能帶著三位王子在花園裡罰站，這對身體健壯的國王來說根本算不上什麼懲罰，他轉頭看向自己的孩子們。

「我說，小子們，你們要記住。你們一起受過罰，也一起解決了事件，你們是一家人，無論什麼時候都可以相互依靠。」

格林提醒他：「父親，母親過來了，您最好站直點。」

「喔。」西德尼陛下立刻昂首挺胸準備接受夫人的檢閱。

——番外〈里維斯的童年〉完

高寶書版集團
gobooks.com.tw

輕世代 FW375
亡靈女巫逃亡指南02

作　　者　魔法少女兔英俊
繪　　者　四三
編　　輯　林雨欣
校　　對　小玖
美術編輯　彭裕芳
排　　版　彭立瑋
企　　劃　李欣霓

發 行 人　朱凱蕾
出　　版　三日月書版股份有限公司
　　　　　Printed in Taiwan
地　　址　臺北市內湖區洲子街88號3樓
網　　址　www.gobooks.com.tw
電　　話　(02) 27992788
電　　郵　readers@gobooks.com.tw（讀者服務部）
傳　　真　出版部　(02) 27990909　行銷部 (02) 27993088
郵政劃撥　50404557
戶　　名　三日月書版股份有限公司
發　　行　英屬維京群島商高寶國際有限公司台灣分公司
　　　　　Global Group Holdings, Ltd.
初版日期　2022年 5 月

本著作物《亡靈女巫逃亡指南》，作者：魔法少女兔英俊，由北京晉江原創網絡科技有限公司授權出版

國家圖書館出版品預行編目(CIP)資料

亡靈女巫逃亡指南/魔法少女兔英俊著.-- 初版. -- 臺北市：三日月書版股份有限公司出版：英屬維京群島高寶國際有限公司臺灣分公司發行, 2022.05-
面；　公分. --

ISBN 978-986-0774-84-9(第2冊：平裝)

857.7　　111001097

三日月書版

三日月書版

GOBOOKS & SITAK GROUP©

GOBOOKS
& SITAK
GROUP ©